Le rouge vif de la rhubarbe

Rosa candida, roman, 2010 & 2015.

L'Embellie, roman, 2012.

L'Exception, roman, 2014.

AUÐUR AVA ÓLAFSDÓTTIR

LE ROUGE VIF
DE LA RHUBARBE

*Roman traduit de l'islandais
par Catherine Eyjólfsson*

ZULMA
18, rue du Dragon
Paris VIe

Titre original :
Upphækuð jörð.

Version revue par l'auteur pour la traduction française.

© Auður Ava Ólafsdóttir.
© Zulma, 2016, pour la traduction française.

Ce livre a été traduit avec le soutien de :

 MIÐSTÖÐ ÍSLENSKRA BÓKMENNTA
ICELANDIC LITERATURE CENTER

I

Elle avait promis à maintes reprises de ne pas descendre seule traîner sur le ponton. Avec ses béquilles, elle risquait de trébucher sur les déchets de poisson et de tomber dans la mer.

— Le ressac t'emportera, lui disait Nína.

Personne n'aurait pu imaginer qu'au lieu du ponton, Ágústína mettrait le cap sur sa plage privée. C'est qu'elle est du genre téméraire. À la voir crapahuter avec ses béquilles, on aurait pu croire le contraire. Pendant ce temps-là, Nína épluchait les pommes de terre sans se douter de rien.

Ágústína avait mis au point une tactique pour entrer en contact intime avec la mer : comme un gymnaste au cheval-d'arçons, elle se propulsait à la force des poignets par-dessus les roches arrondies du rivage. Les jambes suivaient, collées l'une à l'autre, telle la queue d'un petit cétacé qui laisserait son sillage sur le sable. Comment Nína eût-elle supposé qu'elle se métamorphosait en une espèce de phoque sur les récifs et que la plage de sable noir était son habitat naturel ?

Elle s'allonge entre deux pierres sur la grève, la tête dans le meilleur axe, en prolongement direct du nombril et des hanches, de manière à contempler la ligne d'horizon. L'odeur est âcre et salée. À quoi Nína peut-elle bien s'occuper en ce moment ? À dépiauter le poisson, probablement. Elle le saisit par une extrémité, pratique une fine incision dans la chair blanche tout près de la queue et arrache la peau en un tournemain.

Du rivage, on ne voit plus la maison rose saumon et nul n'imagine où elle se trouve, hormis Dieu qui, des hauteurs célestes, l'a quotidiennement dans sa ligne de mire : point minuscule sur le sable, sans défense ni abri.

Tiens, voici qu'apparaît le divin horloger en personne sous les apparences d'une colombe trimbalant une caméra huit millimètres contre son jabot. Aurait-il l'intention de réaliser un documentaire sur elle – sa création – tandis que le phare clignote et répand avec constance sa lueur rose dans le décor ? À y regarder de plus près, le volatile entre ciel et terre n'est pas une colombe, mais plutôt un grand labbe. Le voilà qui trace des cercles concentriques et se rapproche, puant et piaillant, avant de la cibler et de fondre sur elle comme un avion de chasse. Sans jambes pour détaler, elle mouline l'air avec l'une de ses béquilles : il importe de retourner les situations les plus fâcheuses à son avantage au moment opportun. Car cette grève leur appartient : à elle et à Dieu. Son royaume touche ici au Sien. D'un certain point de vue, en affaissant les épaules et en remontant les genoux sous le menton, elle pourrait obstruer l'horizon. Elle pourrait remplir le ciel, occulter tout ce qui s'y trouve. Que dirait D-I-E-U alors ?

— Il a d'autres chats à fouetter, répliquerait Nína.

Ágústína veut justement profiter de l'occasion pour causer un peu avec le Tout-Puissant à travers les gros nuages. Seule à Seul. Sans se chamailler comme hier ; ça ne sert à rien de l'asticoter. Mais il n'est tout de même pas inutile de lui rappeler qu'il y a une certaine tradition historique en matière de miracles.

En haut des cieux, Dieu ne semble pas à l'écoute aujourd'hui.

— Nous sommes si peu de chose dans le vaste monde, soupirerait Nína.

Mais le grand labbe se rapproche, en concurrence avec la marée.

Les jambes déjà engourdies, elle sent l'eau glaciale mouiller le creux de ses genoux, ses cuisses et jusqu'à son dos. C'est quinze minutes de trop sur la grève, il est temps de rentrer dîner.

Elle extirpe de sa poche la lettre trempée d'eau de mer, en fait un rouleau qu'elle introduit dans le goulot de la bouteille, y ajoute un peu de sable avant d'enfoncer le bouchon. La prochaine vague l'emportera, flottant sur le côté, tournoyant dans l'écume jaune. Juste au-delà, il y a un creux profond où les vagues font la culbute d'avant en arrière.

Il est l'heure d'effectuer un dernier survol de la zone par la pensée. Elle décolle lentement, comme un hélicoptère de sauvetage à la recherche d'une fillette perdue sur la côte. Le pilote se penche hors de l'appareil et crie dans son porte-voix : « À table, Ágústína ! du poisson-loup à la poêle et de la compote de rhubarbe à la crème fouettée en dessert ! »

II

La maison où elle doit se rendre au plus vite se situe dans la rue la plus haute du village. D'un côté il y a la mer, de l'autre la Montagne, point culminant de la contrée, centre et pivot de la bourgade, qui domine de ses huit cent quarante-quatre mètres la plage de sable noir.

La tour violette dote la maison d'un cachet indéniable. Son origine reste obscure, de même que sa fonction ; quant à sa couleur, c'est que Vermundur avait reçu en cadeau des restes de peinture rose saumon et violette. En bas, on trouve le salon, la cuisine et la chambre de Nína. La chambre d'Ágústína se situe dans la tour. Malgré sa peur vertigineuse du vide, elle s'est convaincue d'emprunter l'escalier abrupt afin de bénéficier d'une vue tous azimuts : sur les toits de tôle ondulée qui prennent des reflets d'argent après la pluie, vers le sommet de la Montagne et sur le clocher de l'église – l'autre tour du village –, même s'il lui faut gravir, en rampant sur le lino usé, un total de treize marches. Depuis son lit dans la chambre haut perchée, on ne voit plus la terre, comme si la tour flottait sur la mer.

Vermundur a son atelier au sous-sol. Il répare tout ce qui tombe en panne pour les épouses des marins partis au loin, radios ou réveils, il débouche les éviers, change les conduites, remplace les vitres brisées par les tempêtes. Nína et elle bénéficient à discrétion de tous les services qu'un homme peut rendre. En ce moment, il donne dans les télés et se fait fort de procurer à Nína un poste Blaupunkt de qualité. Perplexe, Nína se demande quel emplacement lui trouver dans le petit salon. D'ailleurs, elle a déjà la radio.

— Aujourd'hui, ce ne sont plus des guerres de cent ans, mais des guerres de six jours...

Vermundur a un pick-up dans son atelier et la musique monte du sous-sol. Les Kinks.

You really got me.
Girl, you really got me now...

III

Dans la rue de la maison rose saumon, on trouve le commissariat avec sa cellule pour deux et l'église. Et bien au-delà des habitations et des derniers jardins du village, au flanc de la Montagne, à un emplacement défiant l'entendement, est perché le jardin de rhubarbe, un carré bien net de tiges d'un rouge éclatant coiffées de vert, dont nul ne connaît l'origine et que personne ne se soucie de cultiver. Son lopin de terre privé à elle, tout comme la grève.

Il lui avait fallu beaucoup d'énergie et de ténacité pour grimper jusque là-haut sous la pluie, toute seule avec ses béquilles. Même l'oiseau avait viré de bord.

Là, au soixante-sixième degré de latitude nord et à deux cents mètres au-dessus du niveau de la mer, la rhubarbe atteignait soixante centimètres en août, mois privilégié pour sa récolte dans l'île. Une hauteur suffisante pour dissimuler deux corps nus étendus de tout leur long. Elle-même en avait fait l'expérience, d'abord assise au milieu du jardin, puis s'inclinant avec lenteur dans les sombres profondeurs de la forêt de rhubarbe, entre les tiges roides, tandis que les feuilles aux veines enflées se rapprochent au-dessus de sa tête, réduisant le ciel à une rayure d'un blanc laiteux, jusqu'à exclure enfin le monde extérieur. Ensuite, une fois ôté le pantalon de velours rouge foncé, sentir une feuille froide et poisseuse contre le bas de son dos et l'odeur de terre chaude. La chair de poule se propage alors jusqu'au creux de la nuque.

Sa mère avait été conçue en un temps où sa grand-mère âgée de quarante-huit ans et toujours sans progéniture croyait sa période de fécondité révolue. Sa grand-mère était elle-même la treizième des seize enfants de l'arrière-grand-mère, sage-femme connue pour être peu portée sur les bébés. Dans cette lignée, unique rejeton de sa mère, Ágústína représentait la quatrième génération de filles venues au monde inopinément.

Si elle s'allonge la tête en contrebas, son champ visuel cadre un bout de la Montagne, par exemple le sommet ennuagé ; mais elle peut très bien choisir de resserrer le cadre sur un demi-oiseau mouillé, avec la mer d'un bleu-vert sombre en guise de fond. Il lui est ainsi loisible de couper à sa convenance les imperfections de la création, une aile par-ci, une autre par-là, des pattes par-ci, d'autres pattes par-là. Ou encore, levant les yeux de quelques millimètres, elle peut focaliser son regard sur la nappe de nuages gris détrempés. Dans cette position, la pluie coule directement de ses pommettes à l'intérieur de ses oreilles, muant peu à peu la résonance originelle de la nature en pression sur la tempe et bourdonnement dans le cerveau.

Le temps s'est levé. Elle tire la lettre de la poche arrière de son pantalon et en extrait avec précaution une photo fatiguée. L'enveloppe sent le moisi et l'écriture est tachée par endroits.

L'humidité est presque insupportable ici, aux abords de la forêt touffue. Et la chaleur va de pair. Ce sont les nuits qui nous sauvent. C'est là qu'on récolte le fruit de ses efforts. Mon camarade, biologiste britannique, et moi sommes restés assis près du lac tard dans la nuit, à boire de la liqueur de banane. Celui qui a vu un lac grouiller de crocodiles à la pleine lune ne pourra jamais l'oublier. J'ai pensé que tu aimerais la photo. Elle a ton âge à peu près. Je l'ai retrouvée parmi de vieux papiers. J'ai appris que tu t'étais installée dans la tour. N'est-ce pas un peu trop dangereux? La semaine prochaine, nous nous enfoncerons encore plus avant dans la jungle.

Embrasse Nina de ma part. Grosses bises.

Ta maman.

Aucun doute que la photo fut prise quand le jardin verdoyait, comme maintenant. Sa mère et l'homme sont assis côte à côte, tournant le dos à la mer vert-jaune (la photo est en couleurs) et aux deux îles. À l'horizon, un bateau sort du brouillard, ramenant du poisson ou des cartouches de cigarettes et des postes de télé. Les feuilles des plants de pommes de terre ont fléchi dans les plus hauts jardins car la mi-août est passée. Le cliché a dû être pris avec l'appareil à déclencheur automatique de sa mère. Elle aimait bien en faire usage à cette époque de l'année, surtout pour immortaliser les oiseaux des marais et leurs nids. On distingue nettement des gouttes de rosée sur les feuilles, mais impossible de déceler, à l'attitude des deux personnages, si la photo a été prise avant ou après la conception d'Ágústína.

Sa mère est assise, bien droite, elle porte un cardigan boutonné à motifs jacquard – œuvre de Nína, sans doute – et regarde fixement l'objectif, tandis que celui qui allait devenir son père a la tête baissée. La photo semble avoir été prise trop tôt, un instant avant que l'homme ne se tourne vers la femme à ses côtés, si bien qu'on ne distingue pas la couleur de ses yeux. Nul besoin d'ailleurs, puisqu'elle en a hérité. Ses pieds n'apparaissent pas sur le cliché, mais il donne l'impression d'être grand. Au flou de l'image à hauteur des genoux, on devine que sa mère a voulu tirer sur sa jupe sans y parvenir à temps. Comme si elle avait froid. Le destin, par nature ironique, aura doté Ágústína des beaux genoux de sa mère, alors que ses jambes sont invalides. Assise au milieu du jardin, elle pourrait méditer des heures sur l'instant infini qui a tout juste précédé ou tout juste suivi le début de son existence. C'est drôle – il lui semblait pourtant avoir minutieusement étudié la photo bien des fois : le couple a les doigts entrelacés, affleurant la terre meuble.

— Elle a été drôlement courte, l'union de tes parents, dit Nína. Quatre ou cinq jours tout au plus. Et il a plu tout le temps.

Nul ne savait qu'Ágústína était perchée là-haut, cependant, et malgré l'abondance de rhubarbe dans leur propre jardin, les femmes en tablier pouvaient très bien monter couper quelques belles tiges rouges et luisantes de leur couteau affûté, les ficeler en botte et les rappor-ter dans leur cuisine carrelée. Elles trancheraient à tour de bras ce matériau à confiture poussé tout seul, ne laissant que les souches, jusqu'à parvenir au cœur du jardin, dans le refuge d'Ágústína ; elles s'arrêteraient alors, surprises de trouver une jeune fille allongée en pareil endroit. Mais peut-être s'interrompraient-elles juste avant de la débusquer, satisfaites d'une récolte de rhubarbe bien suffisante pour ce soir-là. Quitte à revenir le lendemain. Sauf qu'elles ne reviendraient pas le lendemain, parce qu'aucune femme de l'île n'arrivait à venir à bout de toute la rhubarbe de son propre jardin. Elles n'avaient simplement pas assez de bocaux. Dussent-elles mettre de la confiture de rhubarbe en couche sur toutes les tartes de l'année, sur les tartines du goûter et pour accompagner le gigot d'agneau, elles avaient tôt fait d'accumuler assez de réserves pour tout l'hiver. Aussi laisseraient-elles l'autre moitié du jardin tranquille et n'y remettraient-elles plus les pieds avant l'été suivant.

Alors Ágústína pourrait rester là-haut. On l'oublierait. La neige tomberait sur elle. Qu'a-t-il pu lui arriver ? Où la jeune infirme a-t-elle bien pu aller ? On téléphonerait à Vermundur, le chef de la brigade de sauvetage, et on partirait à sa recherche du côté du port, dans les bateaux ; on arpenterait la grève, mais personne n'aurait l'idée d'aller explorer le jardin, là même où elle avait été conçue. Personne ne soupçonnerait qu'elle soit là, à la recherche de son origine, creusant pour trouver ses racines dans les ténèbres de la forêt de rhubarbe.

IV

Toutes les femmes du bourg offraient de la rhubarbe à leurs voisines à la fin du mois d'août. Elles rassemblaient une bonne quinzaine de belles tiges rouges, plus quelques autres, minces et blanchâtres, à mettre au milieu, ficelaient le tout et envoyaient l'enfant de la famille déposer la botte sur le perron des voisins avec leurs compliments. Et on recommandait au petit de n'entrer sous aucun prétexte, même si on l'y invitait.

Pour huit kilos de rhubarbe, il en fallait autant de sucre. Cette proportion pouvait toutefois varier d'une ménagère à l'autre. Sucre, cuisson, calibre et taille des morceaux, texture, couleur, tout dépendait de l'imagination, du caractère et du temps disponible de chacune. C'était d'ordinaire plus qu'assez. Outre qu'elle tranchait grossièrement les tiges et faisait cuire la confiture moins longtemps, Nína réduisait notablement la quantité de sucre, jusqu'à deux cent cinquante grammes par kilo de rhubarbe, ce qui explique que sa production passait pour particulièrement acide. La cuisson pouvait durer d'une heure à un jour entier, à laisser le sirop mijoter, et même jusqu'au lendemain. Le temps de repos de la casserole de confiture sur la plaque éteinte était également variable ; il fallait parfois forer à la louche la croûte durcie pour atteindre le liquide visqueux puis laisser un sirop brun-rouge s'écouler lentement dans le bocal.

Il arrivait que le jeune coursier se contente de sonner et de partir en courant avant que la porte ne s'ouvre, comme du temps où l'on déposait un bébé emmailloté sur le seuil d'inconnus. Au bout d'un moment, la porte s'ouvrait, parfois sur le mari quand son bateau était à quai, le plus souvent sur son épouse, laquelle considérait la rue d'un œil inquisiteur, et la mer au bout, et même le sommet de la Montagne, comme pour vérifier au passage jusqu'où les gosses avaient pu s'aventurer sur la pente noire de myrtilles. Ce mimodrame semblait se jouer sur quelque scène de théâtre. Au moment de rentrer bredouille, la botte de rhubarbe gisant sur le perron accrochait le regard de la femme et une expression de joie envahissait son visage. Même si c'était déjà la troisième livraison du jour.

Me trouve dans la dernière ville pour un bout de temps, à rassembler des vivres, dattes, pain au levain, haricots, betteraves rouges, gâteaux au miel, feuilles de menthe, oranges, pruneaux, et j'en profite pour t'envoyer ces quelques lignes. Ici ça grouille, pas de tintamarre à proprement parler, car il n'y a pas de véhicules à moteur dans l'enceinte de la ville, mais toutes sortes de contacts silencieux dans une obscurité tirant au rouge, tiraillements, tâtonnements, tapotements et caresses. C'est une expérience extraordinaire que de se trouver là, sans parler la langue des autochtones ni rien comprendre. Heureusement que je n'ai pas à m'occuper des négociations. C'est la savane qui nous attend, des étendues sans fin et puis le désert. Tu peux garder les jumelles pour toi si tu les trouves.

C'était Ágústína qui décapitait la rhubarbe à la maison, sur le trottoir, près des poubelles, et le travail allait bon train – cela se voyait au tour de main. Un coup sec du couteau bien affûté sur le haut de la tige faisait d'abord voler la feuille sans que l'acier touche terre. Cela ne demandait qu'un peu de concentration et une bonne technique. Elle avait l'étoffe d'une bonne tireuse, disait Vermundur. Pas question malgré tout qu'il lui prête son fusil, comme elle l'en avait supplié, pour canarder les pétrels.

— Au lieu de crapahuter toute seule avec tes béquilles jusqu'à la grève ou de grimper au jardin de rhubarbe, pourquoi ne vas-tu pas traîner avec les jeunes de ton âge à la buvette-tabac en fumant comme une ado normale ? Je peux te procurer une cartouche de Viceroy avec filtre.

Compte tenu qu'une seule tige de rhubarbe atteint parfois six cents grammes, ça peut être dur pour un gamin de se coltiner la botte. Ágústína en était dispensée à cause de ses jambes. Elle n'effectuait pas ce genre de commissions pour Nína. Sauf une fois, à la maison voisine. Il était midi et la porte d'entrée était entrouverte. Un escalier très raide menait à l'étage. Sur le palier, un monsieur qui lui tournait le dos remontait son pantalon marron tacheté dont les bretelles pendouillaient.

Elle annonça depuis le seuil qu'elle apportait quelque chose. Doublant le bonhomme, la femme descendit précipitamment, en combinaison et savates, serrant sous chaque aisselle une bouteille de sirop de rhubarbe qu'elle lui tendit en échange. Le type se retourna et lui sourit. De dos, elle n'avait pas reconnu Vermundur.

— Dis à Nína que je viendrai demain vérifier l'électricité, lança-t-il en se passant un peigne dans les cheveux.

Et puis le voilà soudain au bas de l'escalier pour ajouter en baissant la voix :

— Et inutile d'aller rapporter que j'ai débouché l'évier de Lovísa pour la dépanner.

Quelques jours plus tard, d'une maison à l'autre, démarraient les livraisons de pots de confiture, et c'est au cours des semaines suivantes

que l'on faisait la comparaison des diverses pro-
ductions. En février, le contenu des bocaux avait
généralement commencé à moisir sur les étagères
et en mai, on les nettoyait à l'eau salée avant de
les ranger en lieu sûr en vue de la prochaine
récolte.

V

— Ta maman a dû repartir pour ses travaux de
recherche après t'avoir mise au monde.

Nína laisse les pets-de-nonne se détacher lentement de la spatule pour tomber dans la friture
bouillante.

— Et par conséquent tu es restée chez moi.

Ágústína a acquis très tôt le sentiment de sa
singularité dans l'univers. Pas seulement à cause
de ses jambes mais aussi des images qui s'accu-
mulent dans sa tête, ou du moins qui s'y entas-
saient avant qu'elle ne les discipline en apprenant
à les convertir en mots. C'est ainsi que naquirent
les premières montagnes de mots, lesquelles
comptaient de nombreuses strates. Celle du bas
contenait le plus de mots, la suivante déjà moins
et la plus haute n'en avait plus qu'un seul. Le mot
culminant, le plus riche de sens, exige un temps
de réflexion maximum. Sans lui, ce qui est au-
dessous perd toute signification. La première
montagne de mots, une lettre à sa mère datant de
plusieurs années, fut à son avis la plus chargée
d'émotion. Nína lui avait donné un cahier bleu

pour ses montagnes de mots.

À présent, mère et fille s'écrivent régulière-ment, parfois quelques lignes à peine, parfois une flopée de pages. Il arrive que des mois passent sans aucune lettre, avant qu'un mardi, souvent lors d'une tempête de neige, ne tombent dans la boîte sept enveloppes minces et poussiéreuses, chacune timbrée d'un flamand rose.

Comme tu me manques, sous cette lune énorme et toute proche au-dessus de moi, couchée sur le dos, et des hippopotames en train de paître dans le noir, tout près. Incroyable de penser que c'est aussi ta lune. Je voudrais pouvoir fourrer mes doigts de pied dans un frigo illuminé, comme on faisait à l'hôtel de Kimbalou. Mais il ne faut pas penser comme ça. On a tant de choses à la place. Merci pour l'histoire du cygne équipé d'un émetteur qui a fait escale sur la grève.

Chaque fois qu'Águstína reçoit une lettre, Nína ouvre une boîte de fruits au sirop et prépare de la crème fouettée.

— Tu préfères les poires ou les pêches ? demande-t-elle.

L'ennui, c'est qu'Águstína se rappelait mille détails qui n'ont aucune importance et que tout le monde oublie, et qu'elle en négligeait d'autres dont tout le monde se souvenait. Elle prenait garde toutefois de ne pas évoquer ce qu'elle portait en mémoire. Ou qu'elle avait oublié. Cela aurait blessé Nína.

— Dieu merci, tu sais discerner ce qui compte dans la vie, séparer le grain de l'ivraie.

Ou alors elle ne se rappelle plus la succession cohérente des événements. Ça n'est pas normal.

— Qui dit que les choses doivent suivre le bon ordre ? D'abord tu ne serais pas là si ta mère les avait faites dans le bon ordre.

Il arrive qu'il n'y ait pas de mots pour aller avec ses images.

— C'est sage d'économiser les mots. Beaucoup gagneraient à fermer leurs oreilles aux bavardages pour mieux se servir de leurs yeux.

Elle oublie parfois des petits mots. Ils ont pourtant une énorme importance. Sans eux la langue n'en est pas une. Elle s'effrite, c'est sûr, et il ne reste plus que des images, comme au début.

— C'est bien le diable si on ne peut pas en réduire le nombre. Les gens s'accrochent aux petits mots quand ils n'ont rien à dire et qu'ils font semblant d'être en train de réfléchir. Ils s'attardent à tire-larigot sur les « que », les « et » et les « bon » et n'en sortent plus, littéralement. Quand les gens s'en remettent aux petits mots, on sait que cela masque un défaut de pensée originale ou d'honnêteté. Je ne voterais jamais, par exemple, pour un homme politique qui comble le vide de sa pensée avec des petits mots. Combien de petits mots le Christ a-t-il utilisés pour sauver le monde ? Très, très peu.

Nína allume la radio.

On y annonce le programme de la soirée. Après les informations et la météo, il y aura une émission sur le jeu d'échecs.

— Qu'est-ce que tu dirais d'aller au cinéma jeudi ? On passe un film qui s'appelle *la Mélodie du bonheur*, ça parle d'une femme qui adopte toute une tribu d'enfants et le père avec.

VI

Il y a six machines à coudre rangées deux par deux au milieu du salon. Nína prépare un stage de couture pour ce soir. Dans la cuisine, armée d'une cuiller en bois, elle mélange de la pâte dans un bol. En pantoufles, les bas roulés sur les chevilles, on entrevoit çà et là des veinules bleues sous sa jupe. Elle offrira des gâteaux avec le café, même si le stage de couture ne lui rapporte que trois fois rien.

— Tes parents, on les a vus sortir du village la main dans la main, pour monter au jardin de rhubarbe. Elle, avec son appareil photo pendu au cou. Il y a longtemps qu'elle s'intéressait au comportement des oiseaux migrateurs. Ici, en vacances, elle aimait les photographier. C'en était un, à sa façon, d'oiseau migrateur : elle rentrait au bercail au printemps et s'envolait à l'automne tout comme eux. Sans cesse à étudier. C'était une âme errante.

Assise à l'envers sur la chaise en teck offerte par Vermundur à sa communion, Ágústína laisse pendre sa tête tout en se brossant les cheveux, cinquante coups de brosse noire par jour, pour que ses oreilles se remplissent peu à peu, non pas de sons mais de sang chaud et de nouvelles pensées. Le motif du tapis usé n'est pas symétrique et l'on pourrait croire, aimait dire Vermundur, qu'il est en peau de chats écrasés.

— Quelle chevelure épaisse et bien fournie !

Vu sous cet angle, on dirait que le sommet de la Montagne tombe du ciel et des nuages. Il pendouille là, insouciant sur la toile bleue du firmament, comme les fleurs de fuchsia sur le rebord de la fenêtre de la cuisine et la dentelle mauve du rideau. Si elle garde cette posture jusqu'au bout, les moutons et autres pièces détachées ne tarderont pas à glisser des flancs de la Montagne à la couette moelleuse des nuages.

— Il y en a beaucoup qui trouvent ça curieux, dit Nína, qu'une femme aussi belle et cultivée que ta mère ne soit pas encore casée après toutes ces années.

Nína a fini d'étaler le glaçage rose à la surface du gâteau.

Bien sûr que j'aurais voulu que les choses se passent autrement. Ce qui devait être provisoire a tendance à perdurer. Il me semble que c'était hier que je te rinçais les cheveux dans la cuvette, et que le temps s'est en quelque sorte dilaté. Mais comme on dit ici, dans le désert : le temps, c'est du

sable. On est bien obligé d'essayer de penser de
même. En tout cas, Nína est une femme formidable.
Bisous.

— Qui aurait pu croire qu'une femme de mon
âge, célibataire et sans enfant, se chargerait de toi,
si petite et chétive. Je n'aurais quand même pas
assumé un veuf avec sept enfants comme Julie
Andrews. Un seul me suffit.

C'est Nína qui avait choisi le prénom. Lors de
sa révision de l'histoire du monde qui dura toute
une année, elle se trouvait alors chez les Romains.
Auguste – l'*Imperator* – était un homme politique
remarquable à plus d'un titre, dit-elle, même
s'il était certainement atteint de névrose obses-
sionnelle. Sans compter la valeur ajoutée d'avoir
été le contemporain du Christ et d'avoir vécu des
deux côtés de l'an zéro, d'avoir été un homme
d'avant et d'après J.-C.

— Il aimait les chiffres et les calculs, tout
comme toi. Tu n'as qu'à apprendre à t'en tenir au
manuel de mathématiques, quitte à développer
plus tard tes propres théories sur la nature. Ça ne
me dérange pas que tu disparaisses là-haut, dans
le jardin de rhubarbe, en revanche je ne veux plus
que tu descendes sur la grève après la reprise de
l'école.

Ágústína a décidé de confier son projet à
Nína.

— Je compte escalader la Montagne au printemps prochain.

— Alors il te faudra de bonnes chaussures de marche.

Le premier des obstacles qu'elle rencontra dans la vie fut de franchir le seuil qui sépare le salon de la cuisine, et le suivant les treize marches de l'escalier pour grimper dans la tour, puis de se déplacer entre les maisons afin de se rendre à l'école, ensuite de descendre toute seule sur la grève et enfin de monter au jardin de rhubarbe.

— Une montagne peut en cacher une autre.

Quand elle en aurait fini d'escalader la Montagne, il y aurait d'autres montagnes à conquérir dans le vaste monde. Nína avait raison : l'essentiel était d'être bien chaussée, qu'elle se trouve au bas du Kilimandjaro avec un pied de chaque côté de l'Équateur, ou en skis de randonnée dans l'Antarctique – des skis conçus exprès pour elle avec tant de soin et d'ingéniosité que personne ne remarquerait le dispositif qui maintenait ses jambes et les mettait en mouvement.

Après avoir débarrassé la table du dîner, les femmes sont arrivées chez Nína avec leurs bobines de fil et les voilà maintenant penchées sur leur machine à coudre, pleines de zèle, en soutien-gorge et collants noirs ou bruns, certaines avec de gros rouleaux dans les cheveux, un foulard noué par-dessus. Ça ne vaut pas le coup de s'habiller entre les essayages. La plupart s'appliquent à confectionner une blouse et une jupe pour la première de la société théâtrale ; l'une d'elles ourle un voile de mariée archi-long. La dernière fois, trois machines s'obstinaient à n'exécuter que des surfils en zigzag ; ça ne collait pas pour le voile de mariée, aussi avait-on envoyé Ágústína quérir Vermundur en bas à l'atelier. Il fut si prompt à monter que les femmes n'eurent pas le temps de se vêtir. Joyeuses, toutes riaient de bon cœur tandis que Vermundur bavardait avec elles en examinant les machines. Il profita de l'occasion pour leur montrer les abat-jour à frange de sa fabrication, qu'il pouvait fournir en différentes couleurs. Lovísa fut la première à lui en acheter un, orné d'une frange orange, et trois autres femmes passèrent commande.

Nína rappelle à Vermundur que le toit a besoin d'être réparé d'urgence ; des pellicules de plâtre se détachent de la rosette du plafond et saupoudrent le soutien-gorge de ces dames. Et puis il a fallu récemment déplacer la bibliothèque à cause de la fuite. *La Saga de Laxdæla* et *le Répertoire des sages-femmes* ont été mouillés.

Lorsque le lendemain matin Ágústína descend pour son porridge, il y a encore des miettes sur la toile cirée et sept tasses, la plupart sans anse, sont posées à l'envers sur le radiateur jaune maculé de minces filets bruns.

— Les prédictions dans le marc de café sont comprises dans le stage, dit Nína.

VII

La nuit était redevenue plus longue que le jour. Pas si simple de reprendre le chemin de l'école, même si Ágústína faisait bon accueil au ciel nocturne à travers son image limitée du monde et aux bruits de succion du ressac automnal qui lui parvenaient par la fenêtre ouverte.

En cours d'islandais, le professeur, un homme terre à terre qui ne croyait pas aux rêves, donna pour sujet de rédaction à ses élèves : *Réaliser ses rêves* ; avec en sous-titre : *Mes objectifs principaux dans la vie*. Le tout écrit à la craie au tableau. Il n'avait certes pas choisi le sujet lui-même. Comme il le signala à la classe, sa femme le lui avait soufflé.

— Fais attention, expliqua-t-il à Ágústína, à ne pas te perdre en détails et en digressions, mais à bien mettre les choses en rapport et à garder une vue d'ensemble.

Incapable de se distancier suffisamment des choses, elle s'attachait trop aux détails. Pourtant ce qu'elle ambitionnait dans la vie, c'était d'avoir une vue d'ensemble ; pour y parvenir, il lui fallait monter vraiment très haut, bien plus haut que la chambre de la tour. Le point culminant de la contrée se dressait précisément à huit cent quarante-quatre mètres d'altitude au-dessus de la plage de sable noir. Il ne venait à l'idée de personne de se hisser là-haut ; les gens avaient d'autres chats à fouetter que de grimper dans les montagnes. Or c'était justement ce qu'elle voulait faire ; aussi avait-elle pensé traiter le sujet en décrivant, du haut vers le bas, la vue qu'un oiseau perché sur un piton rocheux peut avoir depuis la cime de la Montagne, ou encore une jeune fille qui aurait déposé ses béquilles au sommet pour jouir de la cohésion globale. Créature sans pieds entamant une carrière durable d'alpiniste, elle poserait le coude sur son genou et le menton sur le dos de sa main pour contempler la splendeur de la vue d'ensemble.

Bien sûr, ma chérie, que ce serait chouette de te faire venir si l'occasion se présentait, mais c'est difficile à organiser en l'état actuel des choses. Comme l'a dit un sage : Le seul vrai voyage consiste à surmonter ses propres obstacles, à atteindre la cime de sa propre montagne.

P.-S. Pardon d'être aussi solennelle ; nous avons donné une petite réception d'adieu pour l'un des membres de l'expédition et je crois que je commence à sentir l'effet de l'alcool de riz.

Oui, c'est ça, sa dissertation traiterait de l'île vue d'en haut. Une fois atteinte l'altitude suffisante, tout se déploierait à ses pieds, en gravissant quelques mètres de plus, les choses rétréciraient, deviendraient minuscules, et encore plus haut, tout finirait par se confondre, chaque élément s'enfoncerait dans l'autre pour s'y inclure, le monde formerait un ensemble harmonieux : prés verdoyants, champs de lave violette, landes et cratères de-ci de-là — et les deux lacs des plateaux pleins de truites grasses — et la Montagne — tout ne ferait plus qu'un, mer et terre seraient confondues, mer et ciel également, et rien n'aurait plus d'importance, car là-haut régnerait la stabilité de la certitude. Comme une évidence. Elle-même deviendrait alors si petite que Dieu tout-puissant pourrait l'écraser entre le pouce et l'index comme un minuscule fragment de pulpe d'orange dont le jus giclerait dans la mer juste au moment où le soleil glisse en un instant derrière les îles sur la crête des vagues teintée d'orange.

En même temps qu'une lettre, Nína déposa délicatement près d'elle la tasse d'infusion. Elle faisait tout cuire, non seulement le poisson et les pommes de terre, mais aussi les baies et quantité de plantes inconnues qu'elle cueillait et que personne n'avait jamais goûtées. Penchée derrière Ágústína, elle examina le cahier par-dessus son épaule.

— C'est bien possible, dit-elle, que la vie ou la mort de la langue islandaise dépende des verbes. La plupart des gens sont toujours sur le point d'accomplir quelque chose qu'ils remettent à huitaine jusqu'à ce que ce soit trop tard ou inutile. Je m'en vais à la répétition du chœur ; le pot-au-feu de mouton mijote et il n'y a pas besoin de s'en occuper avant mon retour.

Ágústína huma l'enveloppe. Il en émanait un léger effluve douceâtre de végétation pourrissante. Elle l'ouvrit avec précaution. Le papier était si fin et si raide que les coins s'effritèrent sur la table.

Je ne peux m'empêcher de regretter un peu les tempêtes, le temps qui passe. Ici rien ne change, si ce n'est qu'il va bientôt se mettre à pleuvoir. Il pleut alors sans arrêt pendant des semaines. Il y a tant d'impatience en moi que je n'ai pas le cœur à dormir. Cela fait maintenant trois nuits que je veille, mais je m'allonge pendant la journée. Il m'arrive d'envisager d'arrêter la recherche et de rentrer à la maison. Je me verrais bien travailler quelque temps comme rédactrice en chef. Pas forcément à la rédaction d'une revue scientifique. Les pensées sombres ne durent généralement qu'un moment. Et puis vient le soir, et de nouveau la nuit, et tout me semble alors avoir retrouvé sa raison d'être.

Ágústína plie la lettre dans le sens de la longueur, puis au milieu et enfin rabat les ailes avant de lâcher l'oiseau de papier par la fenêtre de la tour. Un oiseau blanc vole à la rencontre du banc de nuages noirs et s'éloigne de la côte.

VIII

Promesse tenue, Vermundur leur avait fourni une table en teck où installer la télé. Nína avait posé sur le poste un napperon de dentelle au crochet, un vase bleu et la photo d'Ágústína en communiante dans un cadre doré. Après les infos, vient une émission où deux vieux bonshommes discutent de la langue islandaise et puis on joue des airs populaires. Après quoi c'est l'émission consacrée aux échecs. Nína est contente. Le programme est le même qu'à la radio, sauf qu'on peut le regarder.

— Que dirais-tu de faire un saut là-haut, au cimetière, pour s'occuper des membres de ta famille et faire un peu de ménage ? On emportera l'appareil photo. Vermundur m'a acheté une pellicule. Je prépare des sandwichs au pâté et une thermos de café pendant que tu travailles ton hautbois. On ira doucement et on se soutiendra mutuellement en remontant la ravine. Tu n'as qu'à prendre ça comme un entraînement à ton ascension de la Montagne au printemps prochain.

Le cimetière était situé sur le fond plat d'une

cuvette creusée au flanc de la Montagne, à deux cents mètres au-dessus du jardin de rhubarbe. Par son étendue, le plus élevé de tous les cimetières de l'île convenait pour une commune de trois cent cinquante âmes à croissance rapide. On avait tout de même commencé à rapprocher les fosses ces derniers temps. Bien que les croix des sépultures les plus au nord fussent visibles du village, le cimetière semblait toujours surprendre les nouveaux venus. Il donnait sur la mer à l'ouest, avec un à-pic au bout du rocher : on envisageait depuis peu de le clôturer. Dans le temps, tout le village suivait des yeux le cortège funèbre parti de l'église et gravissant le flanc de la Montagne en zigzag. Désormais on y accédait en voiture par la route d'estivage qu'empruntaient les bergers à la saison des myrtilles. Parvenu au cimetière, on faisait marche arrière avec la cargaison.

Les villageois s'étaient essayés à la culture de diverses essences végétales autour des tombes afin de contrer le vent du nord : petites haies, bouleaux, sorbiers et groseilliers ; mais le sel et la bourrasque avaient vite eu raison de ce jardin d'agrément. La rhubarbe restait donc la principale forêt du village.

— Y en a marre, bon Dieu, que rien ne pousse à cause du sel ! disait Nína.

Par les soirs étoilés d'automne, on entendait les détonations des chasseurs de perdrix des neiges embusqués sur le flanc de la Montagne et le lendemain matin, il y avait toujours quelques tombes souillées de sang et de plumes. Le granite des sépultures ne craignait pas les plombs, contrairement au grès.

On prévoit deux convives de plus à la table du réveillon de Noël. Par conséquent, Nína doit rappeler à Vermundur qu'il lui faudrait quatre perdrix supplémentaires.

— Une nouvelle chef de chœur nous arrive pour l'hiver, dit Nína, et j'ai eu l'idée de l'inviter. Une femme encore jeune qui a un fils ado de ton âge, ajoute-t-elle en lançant un clin d'œil à Ágústína.

Pour une personne comme elle, c'était une épreuve que de monter la côte. Autant dire que parvenir au cimetière par ses propres moyens eût été une première victoire. Mais sans doute valait-il mieux abandonner une des béquilles et accepter le soutien d'une Nína aux pieds d'argile.

Les derniers mètres dans les gravillons et la mousse furent les plus pénibles malgré les pauses fréquentes. Nína ne cessa de l'encourager et de lui raconter des anecdotes sur les défunts de sa famille maternelle. Sur la question des pères, les relations de parenté étaient assez confuses et plus d'un occupant de la concession familiale sujet à caution en la matière. Des étrangers avaient leur mot à dire dans près d'un quart des conceptions.

Une fois franchi le portail d'entrée, elle se laissa choir sur la première tombe venue. L'herbe y était encore verte, mais raidie de gel malgré le soleil d'automne. Celle qui reposait là était morte le jour de son vingt-troisième anniversaire. Ágústína en conjectura qu'elle serait à présent fort vieille, si elle avait vécu.

Les mots *Je t'aime*, rien de plus, étaient gravés sur la pierre tombale qu'un étranger était venu apporter là sans crier gare, pour disparaître aussi vite qu'il était venu.

Pendant que Nína, à quatre pattes, arrache les fleurs desséchées plantées par ses soins l'été dernier, Ágústína mange du pain de seigle tartiné de pâté tout en fouillant la terre de deux doigts à la recherche de vers tardifs pour les pêches à la truite de Vermundur. Elle en a déjà trouvé huit bien gras lorsqu'elle perçoit de l'agitation entre les torsades d'un rouleau de fil de fer, dans un coin du cimetière. Avant d'alerter Nína, elle observe un moment la lutte pour la vie de l'oiseau prisonnier tout en jetant un à un les lombrics dans la boîte à pique-nique. Une aile cassée, l'oiseau ne cesse de se débattre.

Nína n'y va pas par quatre chemins. Au-dessus de trois sépultures et d'une tombe béante face au soleil de midi, elle déroule l'écheveau de fil de fer et en extirpe le cou et l'une des ailes du volatile tétanisé. C'est une perdrix des neiges dont le plumage commence à changer de couleur – brunâtre avec des taches blanches.

— Je vais te photographier avant qu'on reparte, avec la mer en fond, et la maison si je me débrouille bien.

Chaque année, Ágústína avait droit aux douze photos de la pellicule que Nína donnerait à développer au printemps. Elle prenait tout son temps pour chaque cliché. Ainsi fit-elle poser l'adolescente devant le portail. Sans béquilles ni soutien, le froid de la ferronnerie se propagea du bout de ses doigts à tout son corps, traversant les manches du pull jaune en acrylique, tandis que Nína s'évertuait à trouver le bon cadrage.

— La plupart des gens oublient de regarder ce qui relie les choses entre elles. La lacune ou l'intervalle, ça compte aussi.

— Tu veux dire que ce n'est pas seulement ce qui se passe qui a de l'importance, mais aussi ce qui ne se passe pas.

— Exactement, dit Nína. Je n'aurais pu mieux formuler la chose.

Des cygnes prirent leur essor sur la lande et s'envolèrent vers l'est, au-dessus du village. Sur la photo en noir et blanc, cela fit six blanches encolures déployées entre le clocher de l'église et la tour violette de la maison rose saumon. Les oiseaux avaient mis le cap vers le large. Nína releva le col de sa parka.

— On en enverra un double à ta mère.

Sur le chemin du retour, Ágústína s'aperçut qu'elle avait oublié la boîte à pique-nique pleine de vers sur la tombe de la jeune femme – quel gâchis !

IX

À l'époque de ses premières lectures, son histoire préférée était celle de la marionnette Pinocchio qui accomplissait des exploits sur ses jambes d'allumettes. Surtout la première partie, avant que ses membres ne s'animent. L'intérêt passionné qu'elle portait à cette poupée vivante aux mimiques singulières que le vieux Geppetto caressait avec tendresse en l'appelant sa petite tête de bois devint si notoire que les marins pêcheurs qui allaient vendre leur poisson à Hull et Grimsby ne manquaient pas de lui ramener des versions du conte achetées à l'étranger. Avant ses six ans, elle possédait déjà de nombreuses éditions, en sept langues différentes, de l'histoire du garçonnet quasi normal, bien que constitué à l'origine de bouts de bois reliés par des ficelles, et de son créateur, le vieil homme qui tirait sur les fils aux moments décisifs de la vie du pantin.

Nina appelait la jeune fille Gambette lorsqu'elle se hissait hors de la baignoire ; les gosses, eux, la surnommaient Bâtonnette à cause des attelles et autres accessoires qui avaient une

étrange propension à se retrouver dans la poubelle.

— Il faut que tu te fasses des amis. Ce n'est
pas une vie pour une ado de quatorze ans que
d'être cramponnée à une bonne femme de
soixante-six ans.

Disant cela, Nína saupoudre la table de farine
et y renverse le saladier de pâte qu'elle s'emploie
aussitôt à pétrir avant d'en faire des demi-lunes.

Pinocchio affrontait les mêmes difficultés
qu'elle ; ils étaient alliés. C'était le frère qu'Ágústína n'avait jamais eu, le garçon qui oubliait tout
ce qu'il devait garder en mémoire. En revanche
elle n'avait pas souvenir qu'il se rappelait les
choses à oublier, tout comme elle. Ou qu'il
remarquait ce qu'il n'était pas censé remarquer. Il
ne pouvait résister au pouvoir magique de certains mots. C'était son point faible. Elle, au
contraire, tenait tête à toutes sortes de vocables,
si bien qu'il lui en manquait quelquefois pour
transmettre les images de son esprit. Ils différaient
aussi à d'autres égards. Ce qui explique que leurs
chemins bifurquèrent avant l'an neuf. Le pantin
se montrait incroyablement simpliste, une vraie
tête de bois. Elle était une gambette bâtonnette.
Une « g.b. », par abréviation. Ta g.b. avait-elle
écrit au bas de sa première lettre à destination
de l'étranger.

Pinocchio lui était surtout proche au début de

ses aventures. La phrase-clé attendue, le point culminant, le pivot de l'histoire, c'est quand le vieil homme déclarait : Ne t'en fais pas si tu n'es pas comme les autres enfants. *You don't have to feel sad even though you are not like other children. Non te la prendere se non sei come gli altri bambini.* Cette phrase, lue sous les images, elle la connaissait en plusieurs langues.

Vers la fin du conte, le garçon en bouts de bois obtenait des jambes qui lui permettaient de marcher, des jambes douces, roses, charnues, robustes, avec des muscles et des tendons, des jambes qui pouvaient jouer au football, courir entre les bosses de terrain, sauter par-dessus fossés et clôtures en fil de fer barbelé, marcher sur des grilles. Ágústína et Pinocchio cessèrent alors d'être compagnons de voyage.

Nína essuie ses mains blanchies de farine et éteint la radio après les infos.

— Ce n'est pas rien, le nombre de gens qui meurent sur la planète. Dans dix ans, à partir de 1980, je pense que les problèmes de la Palestine et du Congo seront résolus et que tout le monde aura son petit jardin pour y cultiver plein de fruits multicolores.

X

La saison du boudin succédait à celle des confi-
tures de rhubarbe. De couleur rose, presque
phosphorescent quand on le verse, le sang de
mouton suscitait à chaque automne une attente
fébrile. Bien des jours après avoir empli la bassine,
sa froide odeur planait encore dans la cuisine et
ranimait des sentiments chaleureux en Ágústína,
comme liés à quelque vieux souvenir. Ce sang
de mouton était si différent du sien, épais et
rouge foncé, qui pour la première fois avait coulé
en un mince filet sur la face interne de sa cuisse.

Quand elle était haute comme trois pommes,
assise sur sa chaise fabriquée sur mesure, elle
remuait déjà le contenu de la bassine à côté de
Nína qui saupoudrait le sang de farine et de bouts
de gras.

Ce fut la période rose de sa vie.

« Cette petite a une force incroyable dans les
bras », disaient les gens en la voyant manier une
cuiller en bois quasiment de sa taille. L'une de ses
premières montagnes de mots eut le boudin pour
sujet :

sang
sang, sang, sang
sang, sang, sang, sang, sang
sang, sang, sang, sang, sang, sang

Du sang, on passait au gras. Non seulement elle hachait avec entrain, mais elle se faisait un devoir de couper le gras si menu qu'il en devenait presque invisible dans les boyaux.

— Bon appétit! Voilà le boudin sans gras d'Águstína.

L'époque du sang dura deux ou trois ans, celle du gras idem; désormais elle s'employait tout particulièrement à remplir les boyaux avant de les coudre, mettant un point d'honneur à marquer chaque boudin de sa griffe. Elle ne recourait pas au point de surjet ordinaire, mais au point dit de comptoir, appelé aussi point arrière, lequel consiste à tenir le fil tout en repiquant à chaque fois dans le trou précédent. De temps à autre, elle passait au point de chaînette, histoire de changer un peu: c'était son apport personnel. Une seule fois elle laissa tomber l'aiguille dans le mélange, et celle-ci ne fut jamais retrouvée.

Reçu par colis postal en pleine période du gras, un pull en laine angora allait l'accompagner dans la préparation du boudin plusieurs automnes de suite. Empaqueté dans un emballage épais à l'odeur de moisi et de cannelle, le pull roulé en boule était manifestement passé par bien des mains. Le colis, à mieux l'examiner, révélait maints rafistolages à coup de ruban adhésif.

Le vert mousse lui allait bien, la couleur s'assortissait bien aussi avec celle du sang de mouton.

J'espère que le pull t'ira. Il vient d'une boutique française juste à côté de l'hôtel. J'ai pu m'aventurer dans des quartiers où les étrangers ne se risquent guère. Cette ville est un vrai labyrinthe, ceux qui ne la connaissent pas n'ont aucun espoir de s'y retrouver. Les rues sont étroites et comme elles tournent à chaque coin, on a vite fait d'être déboussolé. C'est le but recherché. Je voulais acheter du safran, en faire prélever d'un petit tas édifié sur un tapis en pleine rue. J'avais aussi envie d'être seule avec moi-même. Et me voilà tout à coup complètement perdue, déambulant le long d'une ruelle sans nom pour déboucher soudain dans le vestibule d'un hammam aux murs aveugles. Et sans savoir comment, je me suis retrouvée au fond le plus chaud d'une crypte voûtée où l'on distinguait à peine les corps imposants de femmes sur les dalles brûlantes. C'était déjà assez difficile de discerner les contours dans l'obscurité, encore plus les attitudes et les gestes. Sans que je le demande, l'une d'elles s'emploie à me frotter le dos avant que j'aie le temps de dire ouf, au moyen d'une pierre rugueuse qui met ma peau blanche à mal. « Non merci, sans façon ! me suis-

je récriée. J'ai la peau plus délicate que la tienne. »
Là-dessus, les femmes sont parties à pouffer de rire
et à jacasser dans leur langue au milieu de la vapeur.

Nous poursuivons vers le sud la semaine pro-
chaine. Embrasse Nína de ma part.

Chez des voisins, d'abord au numéro cinq de
la rue, Nína, Vermundur et Ágústína participè-
rent à la confection du boudin. Puis seulement
elles deux au numéro sept. Et de nouveau tous les
trois au numéro neuf où les habitants voulaient
garnir leur farce de raisins secs, ce qui obligeait
à mesurer les ingrédients dans deux bassines différentes.

Nína avait décidé d'inviter la chef de chœur
tout récemment installée au village et qui œuvrait
à l'adaptation du chant final de la société théâtrale. C'est accompagnée de son fils, comme Nína
le lui avait proposé, qu'elle vint se joindre à eux
pour la couture des boyaux.

La jeune fille l'avait déjà vu à l'école. Il était
dans la classe supérieure et portait des lunettes.

— Bonjour, dit-il, mon prénom est Salómon
mais on m'appelle Salem-ó, et toi ?

— Ágústína.

On les mit à la couture préliminaire. Le réci-
pient contenant le mélange de sang se trouvait
entre eux deux.

Nína enfila l'aiguille pour lui. Il ne disait pas

grand-chose mais levait parfois les yeux sur Ágústína. Elle lui souriait, un fil rougi entre ses dents serrées, ne pouvant se défaire de cette habitude malgré les ciseaux à portée de sa main.

Chaque année, autour de la table où s'agglutinaient les familles voisines, elle aimait bien écouter les commentaires d'usage lorsque, dans un nuage de vapeur, Nína apportait avec précaution le plat chargé de boyaux rebondis et frémissants.

— Bon appétit. Les pommes de terre et les rutabagas viennent du jardin d'Ágústína.

Le garçon manifesta de l'intérêt.

— Tu as un carré de pommes de terre? demanda-t-il. Nous, nous déménageons sans arrêt, on ne peut rien cultiver. Maman ne cesse de diriger de nouveaux chœurs.

C'est vrai qu'Ágústína consacrait tous ses soins au jardin dès que le gel relâchait son emprise et jusqu'aux premières ténèbres de l'automne. Au début, on l'avait installée sur une grosse motte avec, pour l'occuper, une boîte où entasser les feuilles d'alchémille et autres menues contributions du sol. On la changeait ensuite de place selon les besoins.

Nína servait parfois du gruau de feuilles de patience – une variété d'oseille sauvage – avec de la saucisse. Le mieux était de couper les jeunes tiges au début de l'été et de les faire bouillir en y mélangeant du lait et de la farine.

L'aptitude d'Ágústína à opérer avec l'oseille sauvage fut découverte par hasard. Nína l'avait laissée seule au jardin. Quand arriva l'heure d'aller la chercher pour le déjeuner, elle avait épilé la moitié de la superficie et les racines de patience jonchaient le sol alentour. Elle creusait tant et plus autour de chaque plant, aussi profond qu'elle pouvait, dégageait la terre et lorsqu'elle parvenait aux plus fines fibrilles de la racine, elle tirait dessus de toutes ses forces, penchée en arrière, faisant fi de la culbute que lui valait chaque plant d'oseille extirpé.

Côté est, elle dispose d'une plate-bande spécialement réservée aux plantes sauvages, où croissent matricaire maritime, cardamine des prés et géranium sylvestre. À la surprise générale, les plantes sauvages poussent bien mieux disposées en rangs régulièrement espacés, mais il faut veiller à ce qu'elles n'échappent pas à tout contrôle quand approche la fin de l'été. Ágústína a quelquefois expérimenté la germination hivernale de graines dans des boîtes de conserve, à l'abri dans la chambre de la tour, mais la plupart des espèces n'ont pu survivre à la transplantation au jardin une fois l'été venu.

L'obstacle majeur à ses expérimentations horticoles tenait à l'emplacement du jardin sur la planète. Sous un climat plus chaud, les variétés se propageraient et elle pourrait récolter selon ses semailles. Elle comptait bien s'y rendre à la première occasion. Là où le jour est toujours aussi long que la nuit, là où il fait noir à la même minute tous les soirs de la vie, où les cyclones paroxystiques sont aussi inconnus que les excès d'humeur. Les gens ne manqueraient pas de l'observer avec curiosité, mais pas à cause du sillage poussiéreux que ses pieds laissent derrière elle. Parce que là-bas, dans le vaste monde, il y a tant de gens qui n'ont plus ni pieds, ni mains, ni oreilles, que nul ne prête attention à de simples béquilles.

Salómon la regarde.

— Je t'ai aperçue en bas, sur la grève, toute seule avec tes béquilles. Si ça t'intéresse, tu pourrais t'entraîner avec le club d'aviron. Il nous manque quelqu'un qui ne se laisse pas acheter par l'équipe adverse pour deux places de cinéma.

Bien qu'elle l'ait surpris juste avant ou presque à remonter son pantalon sur le palier de Lóvisa dont le mari se trouve actuellement à Hull, Vermundur s'était levé d'un air dégagé et avait posé la main sur l'épaule de la jeune fille.

— C'est moi qui ai reçu Ágústína à sa naissance, dit-il en faisant un signe de tête au garçon.

Le fils de la chef de chœur était devenu le centre d'intérêt de la tablée.

Nína justement lui adressait la parole, elle

voulait savoir s'il jouait aux échecs.

— Tu seras toujours le bienvenu chez nous pour une partie. S'il te faut un bon adversaire, il y en a peu qui puissent tenir tête à Ágústína et à sa défense sicilienne.

XI

Il y a trois marches à descendre pour parvenir au sous-sol. Vermundur lui présente une boîte Quality Street ouverte sur la table, cadeau d'un copain revenu d'un voyage de négoce de poisson à l'étranger. Elle choisit un bonbon au caramel.

— Tu sentais le caramel quand tu es née. C'est ce que ta mère a dit. Mon odorat à moi n'est pas aussi fin.

— Raconte-moi.

Elle laisse tomber béquilles et cartable et s'assied sur la balançoire accrochée pour elle à une poutre de l'atelier il y a de nombreuses années. Les abat-jour pour les dames dont il ne lui reste plus qu'à coller la frange sont alignés sur la table.

— Je t'ai déjà raconté.

Elle est devenue trop grande pour la balançoire et ses pieds se prennent l'un dans l'autre sur le sol dallé.

— Tu n'as mentionné à personne l'évier bouché de Lóvisa? Cela ne ferait que susciter des malentendus inutiles ; tu sais comme les gens ont tendance à déformer les faits.

Même si peu de touristes empruntent la route du village, Vermundur s'est lancé dans la confection de souvenirs. L'idée lui était venue de fabriquer des elfes en découpant et en collant de la laine de mouton colorée sur de petits galets arrondis pourvus d'yeux en papier.

— Ralentis un peu, ou tu vas me casser quelque chose. C'est fragile.

Son intention était de commercialiser à la station-service sa production baptisée *moumoutes-porte-bonheur* dès l'été prochain. Mais il lui fallait tout d'abord achever les lampes et caser les télés ramenées au pays dans les cales vides des bateaux de pêche revenus de l'étranger – trois à quatre postes qu'il se faisait livrer à chaque traversée. Nína avait déjà deux galets à moumoutes sur la tablette de la fenêtre, à côté des dahlias. Elle doutait que les touristes fassent le détour pour visiter le village.

— Tu es née au mois de mai, Ágústína, et il pleuvait à verse. Je revenais de mon boulot à l'abattoir et c'est par hasard que je passais par là à bord d'une Moskvitch achetée trois fois rien que j'ai remise en état moi-même. Seule la carrosserie tenait le coup. J'avais changé les bougies et les platines le jour d'avant. Ta maman était sur le perron, et Nína m'a fait signe. Elle et ta grand-mère étaient bonnes copines. Après la mort de ta grand-mère, ta maman est venue habiter chez

Nína, seulement l'été, quand elle revenait au village. J'avais dix-sept ans à l'époque et j'aimais bien faire la bringue. Je commençais, comme ça, à penser aux filles. Ta mère avait cinq ans de plus que moi. Je l'avais toujours admirée et trouvée belle. Il semblerait que tu tiennes davantage de ton père. À ce qu'on raconte, il ne cherche pas trop à se manifester. Quant à ta mère, je ne l'ai pas vue souvent depuis son départ. Toujours à l'étranger à faire des recherches.

Elle était sur le point d'accoucher et Nína m'a demandé de la conduire à l'hôpital régional, vu qu'elle n'avait pas de voiture et n'en a jamais eu à ma connaissance, pas plus que de permis.

J'ignorais qu'elle attendait un enfant. Elle était plutôt solitaire et s'intéressait uniquement aux pierres et aux oiseaux. Mais ton père et elle ont sûrement été très amoureux pendant quelques jours.

Mes essuie-glaces ne marchaient pas. Il y avait du brouillard et il pleuvait sur la lande. Bientôt on n'y voyait plus qu'à travers quelques recoins du pare-brise tout embué. Dans les virages, il fallait sortir la tête par la fenêtre, sans lâcher l'accélérateur. Je me souviens que la pluie coulait de mes cheveux dans l'encolure de ma chemise. C'était mortel en haut des buttes sans visibilité. Ta maman se taisait, assise à côté de moi. Elle portait un manteau bleu et de hautes bottes de cuir à fermeture Éclair. Je lui jetais un coup d'œil de temps à autre, inquiet de son silence. À ce moment-là, j'ai remarqué pour la première fois la longueur de ses cils. « Comme j'ai mal ! » a-t-elle dit tout à coup. Je lui ai répondu qu'on s'arrêterait bientôt pour manger quelque chose. Au comptoir de la buvette-tabac, une fois la lande traversée, j'ai commandé deux hot-dogs garnis à la serveuse, sans oignon cru et avec peu de rémoulade. Comme ta maman n'a pas voulu du sien, j'ai mangé les deux sans difficulté, vu que je revenais bien plus affamé que fatigué de mes heures de nuit.

Elle m'a dit qu'elle avait peur, alors je l'ai prise dans mes bras pendant que là-dedans, tu gigotais entre nous deux, petite partie d'elle-même prête à entamer le voyage du monde obscur vers la lumière. Ta mère a posé la tête contre mon épaule, sur le terre-plein, devant la buvette. J'avais bien envie de l'embrasser, mais je n'osais pas puisqu'elle allait avoir un enfant. Quand on a repris la route, elle s'est installée sans rien dire sur le siège arrière. J'essayais de garder un œil sur elle dans le rétroviseur tout en cherchant de la musique à la radio et en m'appliquant à maintenir la bagnole sur la route à soixante à l'heure. Pendant qu'on écoutait *Why do fools fall in love*, elle a tourné la tête comme pour observer quelque chose.

Nous nous sommes regardés une fois dans les yeux. Elle avait l'air lointain et fiévreux. À cet instant-là, j'ai senti que je l'aimais. Au coup d'œil suivant, je l'ai vue qui s'affaissait sur le siège. La bouche ouverte, elle était pâle et étrangement cambrée, comme une génisse blessée. On approchait du moment où tu allais faire ton entrée dans le monde... Mais veux-tu bien arrêter ces acrobaties sur la balançoire !

Vermundur fit une pause dans son récit pour préparer du café et mettre un disque sur l'électrophone : *Mountain Mama take me home, country roads...*

À hauteur de la ferme d'élevage de visons, elle a donné soudain un coup de pied dans le dossier de mon siège avec une telle force que le talon carré de sa botte est passé à travers la housse en similicuir, entre les ressorts et mes omoplates, tandis que je m'efforçais de garder mon sang-froid sur la route pleine de nids-de-poule. Après, ça s'est calmé mais j'appuyais machinalement sur l'accélérateur tout le long de la vallée sans lâcher le levier de vitesse. Brusquement, la voiture s'est remplie d'une odeur de boudin frais. J'ai su, j'ai eu le sentiment intime que nous n'étions plus seulement deux là-dedans même si un silence de mort régnait toujours à l'arrière. « Puis-je te demander de fermer la fenêtre », m'a-t-elle dit enfin en reniflant. Je n'entendais rien de toi encore. Pas de cri de bébé. C'est là que tu es née, en face de l'élevage de visons.

En y repensant, j'aurais dû arrêter la voiture pour m'occuper de toi, mais j'étais si jeune. Je ne savais pas comment m'y prendre. C'était la première fois qu'une femme accouchait sur mon siège arrière. Dans ma première bagnole. Une Moskvitch à suspension à ressorts.

En roulant sans ralentir dans les virages, nous sommes arrivés à l'embranchement de l'hôpital en quelques minutes.

C'était en mai et il pleuvait – l'ai-je déjà dit? Tu étais minuscule, avec plein de cheveux, le cordon ombilical violacé enroulé plusieurs fois autour du cou. Ils se sont saisi de toi aussitôt pour t'emporter en courant, nous laissant seuls tous les deux. On n'était de nouveau plus que deux dans la voiture, mais ma relation avec ta mère avait subi une métamorphose. Mes sentiments pour elle avaient changé. Elle aussi n'était plus la même, après tout ça. Elle pensait autrement. Tu apprendras plus tard comment pensent les femmes.

Voilà pourquoi tes jambes sont comme ça. Je sais bien que tu as envie de courir, de faire du vélo et plein de choses qui te sont interdites, mais il y a une foule de gens qui passent leur vie à courir et n'en sont pas plus avancés. Est-ce que tu n'as pas eu de chance? Personne ne peut dire à l'avance qui a de la chance et qui n'en a pas dans cette vie.

J'ai mis une demi-journée à nettoyer la voiture ; tout était trempé à l'arrière. La peau de mouton, j'ai dû la jeter – du reste c'était facile de s'en procurer une autre à mon travail, car la chambre froide de l'abattoir communiquait avec la tannerie. Malgré un bidon entier de cire, la housse du siège en similicuir est restée longtemps poisseuse. Il régnait une drôle d'odeur dans la bagnole. Les copains m'ont demandé si je m'étais mis à livrer à ces dames des abats pour faire le boudin – un service privé à domicile, en quelque sorte.

Je ne répondais pas. C'était entre nous, entre ta mère et moi. Longtemps, je n'ai pas pu inviter une femme à s'asseoir dans ma voiture.

Et puis j'ai vendu la bagnole au mois d'août et je me suis payé une Chevrolet d'occasion, six cylindres, quatre vitesses, avec un cendrier métallisé.

XII

Pendant que ses camarades de classe ont cours de gym, elle peut s'adonner à son gré à l'observation libre dans la salle de sciences naturelles.

On y trouve un corps humain en plastique, rose et chauve, grandeur nature – un corps de femme, d'âge incertain –, dans la juste moyenne tant pour la corpulence que pour la taille : un mètre soixante-huit. Le fabricant n'avait guère accordé d'importance aux signes particuliers, car seules les entrailles de l'homme, en l'occurrence de la femme, étaient en jeu.

Le mannequin était manifestement destiné à être ouvert afin d'en sortir les viscères et les examiner, qu'on puisse tenir un œil dans chaque main, extraire le cœur de la cage thoracique, idem pour le cerveau, le système circulatoire ou les glandes. Ainsi peut-on s'amuser à intervertir les organes, à mettre la rate à la place du rein, le pancréas à la place de la vessie, ou même le cœur au lieu du cerveau. Mais impossible d'achever le travail ni de refermer le corps sans que les pointes d'acier de chaque organe aillent dans les trous prévus à cet effet dans sa cavité d'accueil. Tout l'intérêt du jeu consistait à y parvenir avant que les camarades ne reviennent de la gym.

Les multiples rangées d'étagères derrière le modèle anatomique sont garnies d'insectes séchés et de petits animaux naturalisés provenant d'Islande et d'ailleurs : souris, hamster, cobaye, lapin, rat, deux louveteaux, une foule d'oiseaux dont bon nombre furent piégés dans les cordes à linge ou se rompirent le cou contre les vitres du village. Le sang caillé fut ensuite nettoyé à l'essence, les plumes peignées à l'aide de vieilles brosses à dents et les trous de la carcasse raccommodés avant le legs à l'école lors d'une occasion spéciale. Tapissier-matelassier à ses moments perdus, l'agent de police empaille les oiseaux protégés et diverses autres bêtes, quand il y a peu à faire au commissariat. Les principaux appels étant consécutifs aux beuveries des maris entre deux campagnes de pêche.

Les œufs d'oiseaux se comptent par centaines, en partie avariés, la plupart conservés provisoirement dans des bacs ad hoc. L'école a reçu de la mère d'Ágústína des œufs de tortue naine et de quelques oiseaux rares. Bien qu'ils ne soient pas tous arrivés indemnes, l'établissement lui a adressé une lettre de remerciements où on la priait en outre d'expédier par bateau des animaux plus rares et plus grands. Il est prévu d'élargir la collection d'œufs en annexant la salle de repos de la chef de chœur.

Ágústína n'est aucunement autorisée à fourrer son nez derrière la tenture qui dissimule les bocaux de formol. L'école a mis un point d'honneur à se constituer une collection digne de ce nom, le grand nombre de biologistes et de naturalistes originaires d'un si petit village suscitant l'intérêt bien au-delà des limites communales. Outre des échantillons de la progéniture des mammifères à différents stades de la gestation, on y trouve diverses parties d'organismes animaux, des cerveaux de porc et de mouton, des estomacs, des intestins, avec une vue d'ensemble particulièrement soignée du système digestif.

Aux grandes occasions, telles que l'anniversaire de la société théâtrale, on expose les bocaux dans la salle des fêtes.

Ágústína n'a pas entendu le prof de sciences naturelles entrer dans la réserve : trop tard pour refermer la tenture. Il pose la main sur son épaule, sans brusquerie, plutôt comme un chef d'orchestre qui lève une main, molle au poignet, pour donner l'accroche tonale aux musiciens.

— On sait aujourd'hui, sans erreur possible, que la dimension et la forme du cerveau humain n'ont rien à voir avec l'intelligence, le succès ou le bonheur dans la vie. Le plus gros cerveau de l'histoire, par exemple, nichait dans le crâne d'un tueur en série aux États-Unis. Une fois exécuté, on l'a disséqué à l'hôpital universitaire du Massachusetts où sa cervelle est conservée. Nous n'avons pas eu de mal à repérer le bocal, ma femme et moi, quand nous avons traversé cet état en voiture de location il y a quelques années. Les tests de Q.I. auxquels fut soumis le meurtrier établirent une intelligence bien au-dessus de la moyenne. En revanche, son autopsie ne décela pas la moindre trace de remords ou de regret. Qu'est-ce que cela nous révèle?

C'est incroyable de penser que la montagne couverte de neige se dresse en plein sur l'équateur même. J'ai l'impression d'avoir connu l'éternité. Pourtant je ne suis pas sûre d'être plus avancée. La maturité marque une certaine stagnation. Peut-être doit-on laisser le champ libre à ses aspirations les plus folles. J'ai posté récemment deux plumes d'autruche pour l'école. Bisous. Ta maman.

XIII

Le vent du nord qui s'engouffre dans le fjord fait des ricochets sur les crêtes blanches des vagues. Si l'astre rouge de l'hiver perce les nuages, on peut être sûr qu'il va rouler sur la neige verglacée et disparaître derrière la Montagne au moment même où Ágústína sortira de l'école pour rentrer chez elle.

Le professeur lui a rendu sa rédaction assortie de commentaires.

— Tu devrais écrire sur quelque chose que tu as toi-même éprouvé; une œuvre ne peut être personnelle que si elle est tirée de sa propre expérience.

Personne n'ignorait qu'elle n'avait jamais entrepris l'ascension d'une montagne. Elle flageolait même en terrain plat et avait parfois du mal à avancer dans une rue rectiligne parfaitement horizontale. Puisqu'elle n'était pas en mesure de poser avec assurance un pied devant l'autre sur une pente à trente degrés comme le ferait un randonneur gravissant pas à pas la montagne pour atteindre huit cent quarante-quatre mètres d'altitude au-dessus de la plage noire et jouir d'une belle perspective sur la scène de la nature et des événements, Ágústína en aucun cas n'aurait pu prétendre écrire du point de vue de celui qui se tient au sommet. Tout semblait indiquer qu'elle n'échapperait pas à l'exiguïté de son champ visuel et serait contrainte à n'avoir pour horizon que les grains de sable de la grève et les taches au bas des jambes de pantalon de son professeur. Eu égard à sa ligne de mire et à ses aptitudes, seule représentation correcte, une montagne s'exposait de bas en haut et non de haut en bas. Elle se formait à partir du bas : de la roche qui s'entassait, une élévation de terrain. De même que les nuages ne descendent pas du ciel mais sont de la vapeur qui s'élève de la terre. Comme lorsque le Christ est monté de l'île vers les cieux sur un cumulus jaune.

La prochaine fois, il faudrait qu'elle commence par le bon bout, qu'elle écrive du point de vue de celle qui est assise par terre en contrebas, au moment printanier où la Montagne se scinde et ruisselle, accueillant à corps perdu les flots jaunes qui s'en déversent.

Elle n'avait qu'à inverser la pile des mots. Au lieu des lointains bleu-vert vus de la cime, ce serait la Montagne de boue brune sous ses ongles tandis qu'elle s'échinait à progresser dans la caillasse, juste au-dessus du jardin de rhubarbe, les bras pleins de montagne.

Une boule de neige mouillée s'écrase sur la vitre tout près de son visage et ils sont quatre, des garçons de la classe supérieure agrippés à la clôture de la cour, à lui faire signe. À la fin de l'hiver, ils auront l'âge de quitter l'école pour aller en mer.

En sortant, elle se laisse tomber dans la neige immaculée de la cour, un peu à l'écart du groupe, sachant qu'elle n'arrivera sans doute pas à se relever sans aide. Il s'agit seulement de marquer son territoire. Les gros flocons tombent doucement sur les bosses de laine multicolore. Elle se met à tracer son ange en agitant les bras pour dessiner les ailes dans la neige tout en suivant du regard les gamins qui en font autant au milieu d'un amoncellement laiteux, tout grouillant de rires.

Son ange a indubitablement des ailes, mais pas ce tutu évasé que les autres peuvent tracer à loisir en écartant les jambes. Le sien est mince du bas, comme un oiseau prisonnier d'un rouleau de fil de fer qui aurait battu frénétiquement des ailes.

Elle sent soudain qu'un autre ange est en formation à côté du sien, si près que leurs plumes se touchent. Elle ressent la chaleur de ce voisin, perçoit son souffle et enfin, nettement, une main qui effleure puis saisit la sienne dans la neige.

C'est Salómon.

— Tu as des jambes d'ange, s'étonne-t-il. Qu'est-ce qui t'est arrivé ? Tu as eu un accident ou tu es née comme ça ?

C'est vrai, ce qu'il dit, elle n'a pas de jambes en tiges de rhubarbe, elle a des jambes d'ange. En contact personnel et presque quotidien avec DIEU tout-puissant, aussi bien dans la tour que sur la grève, elle devrait bien connaître la vraie nature des anges. Quel malentendu de les imaginer en robe de tulle évasée ceinturée à la taille. Alors qu'ils portent des vêtements ajustés, évoquant davantage une fine chemise de nuit qui enserre les jambes et les enveloppe.

Bien des choses semblent suggérer du reste que les anges n'ont pas de pieds sous leur aube : ce n'est pas en courant qu'ils transmettent leurs messages, mais à tire-d'aile comme chacun sait.

Le garçon ne lâche pas sa main ; ils sont toujours allongés un peu à l'écart, immobiles, deux anges qui regardent tomber la neige.

— On est en train de monter un groupe dans un garage et il nous manque une chanteuse. On s'est demandé si tu ne voudrais pas te joindre à nous. Tu pourrais rester assise comme le font beaucoup de chanteuses, même si c'est le plus souvent parce qu'elles sont trop grosses.

— Je vais y réfléchir.

— Ne t'en fais pas pour les garçons qui t'embêtent. Ce sont des minables.

Il repêcha pour elle les béquilles enfouies sous la neige, les secoua et lui tendit la main pour l'aider à se relever. Elle se remit sur pied en chancelant comme un bébé girafe. Les poignées de caoutchouc étaient froides et mouillées. Il ôta ses moufles en laine et les lui tendit. Elles avaient des côtes à deux rangs à l'envers. On ne voyait pas les yeux du garçon derrière la buée de ses lunettes rondes.

— Je passerai ce soir pour les échecs, dit-il en souriant.

Quand elle la sortit tout imbibée d'eau de son cartable, sa rédaction était devenue illisible.

Nína fit de nouveau un rêve prémonitoire annonçant du mauvais temps. Outre les conditions atmosphériques, elle voyait en rêve l'arrivée des visiteurs et ses songes étaient en noir et blanc, comme le programme de la télé.

— Vermundur voudrait maintenant que j'investisse dans un grille-pain. Il ne manquait plus que ça. Je suis bien trop vieille pour apprendre à la fois à me servir d'une télévision et d'un grille-pain. Il a laissé pour toi un livre qu'un copain lui a ramené de l'étranger. Je lui avais dit que tu t'intéresses au cerveau.

The Wonders of the Human Brain trônait sur la table de la cuisine.

XIV

La neige gelée craquait devant le garage que les garçons venaient de trouver pour répéter. Elle frappa à la porte.

La première séance consista principalement à faire le ménage. Ils étaient trois en plus de Salómon, tous d'un an plus âgés qu'elle. Ils avaient laissé pousser leur frange et l'un d'eux portait des lunettes de soleil. Vêtue de son nouveau chandail à motifs jacquard, elle s'assit sur un tas de pneus et observa leurs aménagements. Ils n'ôtèrent pas leur parka et gardèrent le silence, laissant Salómon assurer le plus gros de la conversation.

— Les chanteuses doivent avoir le bon look et toi, tu l'as justement, un peu spécial, dans le genre décalé, dit Salómon en plein ménage.

Accrochées à l'un des murs, des cornes de bélier conféraient au local une note mystérieuse, de même que la chatte angora qui, avec ses quatre chatons nouveau-nés dans un recoin, ne semblait pas apprécier les bouleversements qui s'annonçaient. Rares étaient les villageois qui laissaient leur voiture au garage. L'essentiel du temps passa à créer l'emplacement nécessaire aux instruments. Impossible de déplacer les deux énormes caisses de morue salée dont émanait une odeur particulière, pas vraiment désagréable lorsqu'elle se mêlait à celle de l'huile de vidange. Salómon avait apporté un synthétiseur, l'un des garçons un accordéon et ils auraient sous peu une contrebasse. L'idée d'introduire un hautbois ne convainquit personne, aussi fut-il décidé qu'Ágústína se bornerait au chant. Dans un premier temps, la formation s'en tiendrait à des airs connus. Après le bal de l'école, le groupe pourrait se mettre à composer et définir sa propre orientation ; il fallait tout d'abord « accorder ses violons ». Le jeu des musiciens manquait assurément d'unité. Le fils de la chef de chœur était pourtant génial, à son clavier.

C'est en silence et avec étonnement qu'ils écoutèrent Ágústína chanter pour eux, sans accompagnement, l'un des airs des Kinks : *I am not like everybody else.* Elle l'avait entendu monter de l'atelier à travers le plancher du salon. Salómon fut le premier à rompre le silence et celui qui portait des lunettes de soleil les enleva pour mieux la dévisager.

— Tu as de la voix. On ne savait pas que tu avais une telle voix.

Tandis qu'à leur demande elle reprenait le

même air, ils s'efforcèrent d'attraper la ligne mélodique sur leurs instruments.

Au quatrième essai, ils chantèrent avec elle les voix du chœur :

> *Cause I'm not like everybody else,*
> *I'm not like everybody else,*
> *I'm not like everybody else,*
> *I'm not like everybody else.*

XV

À l'issue de la troisième séance, Salómon proposa à Ágústína d'aller nager à la vieille piscine qui jouxtait la nouvelle en construction. Les autres garçons ne voulurent pas se joindre à eux.

— On se débrouillera tout seuls, dit-il. La vieille piscine est toujours ouverte et on peut y entrer sans payer.

Un nuage de vapeur s'élevait de la neige sur la pente où le bassin était creusé. Tout autour, il y avait une bordure d'herbe verte bien que ce fût la mi-novembre. Les planches de la clôture, enfouies sous la neige, étaient trop espacées pour fournir un abri contre le vent du nord, même pendant les trois jours d'été propices aux bains de soleil.

Ágústína se débarrassa de ses vêtements et détacha ses attelles sur le banc du vestiaire des femmes. Cela demandait une certaine technique de se laver sous la douche, mais les béquilles restaient à portée de main. Le maillot de bain vert lui collait à la peau et de la vapeur émanait d'elle tandis qu'elle allait claudiquant, avec la chair de poule, vers le bassin en plein air.

Une fois parvenue aux marches, elle lâcha ses béquilles, agrippa la rampe de fer et se laissa couler dans le bain chaud, au milieu des effluves de soufre. Ses mollets et ses cuisses frottèrent le bord avant de toucher l'eau ; puis le ventre, les coudes et pour finir les seins s'y enfoncèrent. Elle ne vit pas venir Salómon mais entendit son plongeon dans la piscine.

L'eau la porte, tel un rempart autour de son corps, et elle se retourne sur le dos tout en veillant à se maintenir au milieu du bassin, sans trop se rapprocher ni s'éloigner du bord. Comme une île au milieu de l'océan.

La mer me manque ; j'ai besoin de vagues pour balayer les pensées tenaces de la nuit. La bruine me manque aussi, au lieu de cette pluie qui tombe à verse des semaines d'affilée. Tu te souviens quand nous étions assises sous l'auvent de la tente dans l'odeur de bruyère et de mousse et que nous faisions cuire de la soupe au chou-fleur sur un réchaud à gaz ? Sans doute suis-je désormais trop loin du point de départ pour revenir à la maison. Oui, bien sûr que tu peux récupérer la boussole, prends-la donc. Mille baisers.

L'eau et elle ne font qu'un, elle a la fluidité de l'eau.

Le bassin s'approfondit brusquement, mais elle a mis au point une technique combinant les mouvements des bras et du torse – brasse, crawl et nage sur le dos. Elle y excelle, bien qu'aucun ressort n'anime ses jambes. Le maître nageur spécialisé assure qu'elle jouit d'une excellente flexibilité de la colonne vertébrale, tout à fait incroyable eu égard à l'inertie des membres inférieurs.

— Ta colonne est comme une tige de rhubarbe, dit-il. Tu as vraiment une belle cambrure.

Ses tresses flottant en une masse indistincte imbibée d'eau la suivent par tout le bassin.

Salómon se profile, émergeant de la vapeur au bout de la piscine alors qu'elle refait surface. Il a laissé ses lunettes sur le bord et la suit du regard. Il paraît plus petit en maillot qu'habillé. Il lui demande si elle compte battre le record régional. C'est gentil de sa part.

Rude épreuve que de crapahuter de la piscine au jacuzzi après la baignade. Les voilà maintenant assis côte à côte dans le petit bassin, tout près de la bouche d'eau chaude. Ágústína renverse la tête sur la bordure. Ainsi, la vue est superbe sur le ciel profond d'hiver, tout scintillant d'étoiles. Le serpent vert d'une aurore boréale ondoie, électrique, à travers la voûte céleste. Salómon est le premier à rompre le silence.

— Est-ce que tu songes à rejoindre ta mère ?

— Elle aimerait nous avoir près d'elle, Nína et moi. Je voudrais partir en bateau sans voir ni terre, ni navire, seulement sentir le roulis sous mes pieds.

— Moi, je ne pourrais pas naviguer. Je dégobillerais. J'ai trop le mal de mer pour devenir marin.

— Nína prétend qu'elle est trop vieille pour aller à l'étranger. Et puis nous devons réparer le toit.

— Est-ce que tu penses faire de la recherche, comme ta mère?

— Et comme mon père?

— Je ne savais pas que tu en avais un.

— En règle générale, il ne s'occupe pas de mes oignons. Nous échangeons des messages par voie de bouteilles à la mer ou par télépathie.

Il se rapproche d'elle, bien que la place ne manque pas dans le jacuzzi.

Elle hésite un instant avant de lui confier:

— Je vais faire l'ascension de la Montagne au printemps, en qualité de première grimpeuse sans jambes. Huit cent quarante-quatre mètres de hauteur depuis la grève. Nína va m'offrir des chaussures de randonnée pour mon anniversaire.

— Tu n'es bien entendu pas sans jambes, mais ça risque d'être sacrément difficile. Il se peut qu'on vienne te chercher en hélicoptère si tu parviens jusqu'en haut par tes propres moyens, surtout si tu te retrouves bloquée, sans plus pouvoir monter ni descendre. En tout cas, les sauveteurs ne t'abattront pas d'une balle comme ils font avec les moutons prisonniers des falaises. Il faudrait que tu sois perdue pendant quelques jours pour qu'on fasse appel à l'hélicoptère de sauvetage. On te hisserait alors du sommet dans une nacelle mais si un vent latéral se mettait brusquement à souffler, les sauveteurs seraient peut-être obligés de te laisser sur place quelques jours de plus. Je pourrais te prêter un sac de couchage. Ou bien venir avec toi.

Il la regarde fixement, sans lunettes, mais elle continue de contempler l'obscurité du ciel d'hiver.

Un klaxon retentit deux fois, et puis à nouveau.

C'est Vermundur, venu la rechercher au volant de sa Chevrolet pour la centaine de mètres qui mènent à la maison.

Nína attend Ágústína avec de l'églefin bouilli nappé de beurre.

XVI

De sous sa couette à housse fleurie, enroulée plusieurs fois autour d'elle sans la moindre poche d'air, elle remarqua que la pleine lune, d'une proximité inquiétante, faisait presque des ricochets sur les plus hautes congères. Cela pouvait annoncer l'imminence d'événements marquants. Dans cette clarté matinale verte et incertaine, elle n'y voyait goutte pour lire, distinguant à peine un grand oiseau aux ailes déployées perché sur le réverbère, à travers l'écume du ressac. Si elle avait eu sous la main le fusil à double canon, elle aurait pu dégommer une ou deux mouettes par la fenêtre de la tour.

Les mouches, on n'en tue guère à cette époque de l'année. La période de la chasse ne dure que quelques semaines en été. Elle s'enferme alors dans la chambre de la tour sous prétexte de s'occuper un peu de ses timbres, de réagencer sa collection avec sa pince, d'associer par exemple deux cascades provenant de continents différents, de placer le courlis à côté du pélican, ou de se saisir avec précaution de la Dame de la Montagne, symbole du pays, pour l'apparier à un chef d'État à la tête ceinte d'un turban orange.

La précision du geste est son point fort.

Pendant des années elle a occis des mouches sur la tablette peinte en bleu de la fenêtre du grenier.

Elle en prend une à la fois et l'isole sous un verre retourné, l'épuise, la regarde se débattre sans air jusqu'à ce qu'elle roule sur le dos en bourdonnant, pattes frémissantes. Grosse comme ça.

— Hé hé, je t'ai eue, hein, crâneuse.

Elle a tout loisir d'étudier leur comportement tant qu'elles s'agitent sous le verre. On peut dire que son intérêt pour la lutte existentielle des mouches est purement intellectuel. Ainsi chaque mouche se voit-elle affublée d'un numéro et d'une ligne personnelle dans le cahier des mouches où elle consigne leurs principales caractéristiques : activité, espèce, aspect, et endurance sous le verre, combien de temps chacune d'elles met à mourir – ce qu'elle mesure avec l'aiguille des secondes de la montre offerte par Nína pour sa communion. «Bourdonne pendant douze minutes», c'est le record inscrit dans le cahier par un beau matin d'été. Quand la fin approche, elle soulève brusquement le verre et leur coupe les pattes. Les jours ensoleillés, il y a parfois des dizaines et des dizaines de minuscules carcasses démembrées qui se dessèchent, soigneusement alignées sur la tablette bleue de la fenêtre.

— C'est vilain d'être méchant avec les mouches, ma petite Ágústína, lui a dit Nína voilà de nombreuses années.

Nína, elle, n'a jamais fait de mal à une mouche.

Elle s'affaire en bas; Ágústína entend les casseroles dans la cuisine. Le pire, c'est de ne pas pouvoir descendre sur la grève aujourd'hui encore: il fait glacial, trop de vent et de vagues.

Mais peut-être est-ce le bon moment pour tester le miracle, comme ça au saut du lit, avec des lambeaux de rêve dans les yeux. Qui sait si elle n'est pas passée cette nuit même par les mains nuageuses d'un envoyé du Tout-Puissant dans son sommeil? C'est toujours le même rêve: elle court à travers un pré couvert de fleurs de pissenlit épanouies d'un jaune éclatant. Elle court, elle court et la foule s'écarte sur son passage, comme lorsqu'on acclame le vainqueur du marathon, et les boutons d'or font de même afin qu'elle puisse courir comme son père, quand il a quitté sa maman pour rejoindre le bateau, quand il s'est enfui loin d'elle – avant sa naissance.

Aujourd'hui, elle a prié Dieu de lui accorder l'usage de ses jambes; elle les a prudemment extraites de la couette pour les examiner. Maigres et peu musclées, elles sont tout de même de chair et de sang. Si elle pouvait marcher sans soutien, ses journées passeraient à se promener tous azimuts en balançant les bras. La vie en acquerrait un sens nouveau. Elle attacherait un prix immense au simple fait de se chausser et posséderait des souliers pour chaque occasion, un placard spécial n'y suffirait pas ; il lui faudrait une pièce à part réservée aux chaussures que Nína lui accorderait sûrement. Elle commencerait par s'occuper d'affaires pressantes dans un garage à l'est du village. Puis elle arpenterait route après route, sans se hâter, sans tituber ni traîner les pieds, mais à grands pas, la tête haute à travers le bourg, et elle remplirait aussi les plages noires de ses empreintes, laissant une piste spongieuse de crique en crique, là où nul n'est encore passé.

À l'école, le prof, retenant son souffle, attendrait qu'elle se lève et sorte sur ses nouvelles jambes. Il attendrait que le bruit de ses pas remplisse la classe.

Le bruit de ses pas produirait un effet magnétique sur tous les témoins ; sa démarche, à elle seule, lui attirerait plein d'amis. Elle pourrait se permettre d'être revêche et même chiante parce que sa démarche dénoterait une personnalité tout à fait à part. Ce que les autres disent avec des mots, elle l'exprimerait par son allure.

« Ágústína exerce une attraction singulière, diraient les gens, elle a un si beau port. » Et elle rirait en sautant entre les flaques tout le long de la rue, si robuste, si normale, si extraordinairement digne d'admiration. Et puis, sans raison ni crier gare, elle bondirait très haut et sentirait la force élastique de ses nouvelles jambes. Pourquoi les gens qui en ont ne sautent-ils pas en l'air sans raison ?

Dans le salon illuminé, le soir, elle danserait toutes les danses connues au secret d'elle-même, cha-cha-cha, samba, rumba. Les gens s'arrêteraient dans la rue pour regarder par la fenêtre et Vermundur se détournerait de la femme sur le palier d'en face pour l'admirer, oubliant de rentrer sa chemise dans son pantalon.

Au deuxième jour de sa nouvelle vie, elle ferait l'ascension de la Montagne. Ce serait le premier des nombreux sommets du monde : d'autres montagnes suivraient.

Ágústína garde encore bon espoir quand, les yeux toujours clos, elle laisse le bout de ses pieds nus toucher le sol froid. Ne rien penser, vider complètement son esprit, laisser Dieu se charger du reste. *Lève-toi et marche*, a dit le Christ et l'homme se leva et sortit. Elle se pousse hors du lit et transfère tout son poids peu à peu sur ses jambes.

Au moment où elle s'écroule au sol, elle entend des pas qui montent l'escalier abrupt. Nína frappe un coup léger à la porte.

Les jambes ne reçoivent pas de message, nulle

réponse à sa prière, aucune directive venue d'en haut. Elle est irréparable ; elle a un défaut de fabrication d'origine.

— Ça va, ma petite Ágústína ? Veux-tu que je t'aide à te relever ?

Elle s'empresse de tâtonner à la recherche de ses béquilles, se propulse sur les coudes comme un guérillero rampant dans le boyau d'un camp d'entraînement clandestin et réussit à en attraper une, loin sous le lit, avant que la porte ne s'ouvre.

Nína se tient dans l'embrasure. Elle croit au progrès de l'humanité.

— Dans dix ans, la médecine viendra à bout de toutes les maladies du monde.

La guérison est au prochain tournant.

— Vermundur m'a expliqué comment fonctionne le grille-pain, c'est bien moins compliqué que je ne pensais. Il suffit de le brancher, de mettre les tranches de pain dans la fente et de l'enclencher. Il trône sur la table de la cuisine.

XVII

Vermundur pénètre dans le salon peint en bleu avec un carton tintinnabulant de bouteilles de soda à l'orange qu'il dépose sur la table avant de tourner les talons pour aller chercher le malt indispensable au mélange. Il apporte pour finir le carton de pommes. Il revient tout juste du salon de coiffure du village avec les nouvelles du jour : les garçons veulent maintenant se laisser pousser la frange jusqu'aux yeux et des mèches par-dessus les oreilles ; ils refusent de se faire tondre pour Noël malgré les protestations de leurs mères. Il y avait donc peu de besogne au salon de coiffure deux jours avant les fêtes.

Noël compte beaucoup pour Nína. Elle a déjà disposé du coton sur les rebords de fenêtre autour des statuettes et des bégonias, semé des paillettes sur les vitres et accroché des rideaux ornés de rois mages aux fenêtres du salon. Les machines à coudre ont été descendues à la cave et les perdrix des neiges immaculées – hormis le sang caillé au poitrail – ont été pendues par les pattes aux deux cordes à linge, une douzaine sur chacune.

Elles commencent tout juste à faisander. Étendus parmi elles, trois culottes couleur chair appartenant à Nína (Ágústína, pour sa part, ne mettrait jamais les siennes à sécher dans le jardin) et quelques torchons raidis par le gel.

Dans la lueur bleutée de midi, Nína a écarté linge et oiseaux morts afin d'aérer le duvet des couettes. C'est le moment où la plupart des femmes du village sont justement en train d'étendre des couettes bleues sur les cordes à linge des jardins de derrière. La nuit passée, Nína a fini de confectionner les trois dernières sortes de petits gâteaux de Noël : demi-lunes, gâteaux en étoile et piécettes, tandis qu'Ágústína lisait *Guerre et Paix* dans son lit. Le moment viendrait bientôt où elle pourrait choisir à quel moment des vingt-quatre heures lire ou dormir.

Assise à la table, Nína écrit les cartes de Noël pour les voisins, qu'Ágústína sera chargée de distribuer, du moins aux maisons les plus proches. Il y a une formule différente pour chaque carte.

Meilleurs vœux de Noël et de Nouvel An…
Merci du fond du cœur pour les années passées…
Une nouvelle année riche en bienfaits…
Merci pour le temps passé et toute votre amitié…
Bonne et heureuse nouvelle année…
Sois remercié pour toutes les bonnes choses du passé…

Vermundur est venu installer la guirlande lumineuse le long du toit pendant cette heure unique où les rayons horizontaux du soleil s'infiltrent par les fenêtres du village. Ce n'est pas un travail de femme.

Ágústína, assise sur les marches, sa tresse foncée à demi défaite sous le béret basque, l'observe tandis que, debout sur l'échelle, il visse les ampoules vertes dans leur douille. Il a été convenu que la guirlande de Nína serait verte, celle des habitants du numéro cinq, rouge, et celle du numéro neuf, jaune. Étrangement, il y a toujours plus d'ampoules vertes à remplacer.

— On n'a qu'à les réduire à huit, suggère Vermundur. Ça suffira cette année.

Nína a la moitié du corps penché par la fenêtre.

— Douze l'an passé, seize l'année d'avant, et vingt-quatre au départ !

Elle lui rappelle qu'il faut réparer le toit. Il empruntera une bétonnière cet été. C'est d'ailleurs ce qu'il a déjà promis l'an dernier.

— Le manque d'homme est parfois bien embêtant, mon petit Venni, comme on se dit entre femmes. La question est de savoir si tu peux nous donner un coup de main pour la fuite ?

Par une sorte de tradition, Vermundur surveillait les casseroles, préparait la sauce et mettait la table pendant qu'elles assistaient à la messe. La seule chose qu'il savait faire en cuisine était la sauce, néanmoins le mystère de ses secrets de fabrication restait entier à chaque Noël et c'était le sujet principal de conversation à table. La sauce éclipsait tout le reste, jusqu'aux perdrix des neiges, et tout le monde était d'accord pour dire qu'elle n'était jamais tout à fait la même d'une année sur l'autre. En dehors de la sauce, Vermundur était chargé d'ouvrir la boîte de conserve Ora contenant les petits pois et de dévisser le couvercle du bocal de chou rouge confit.

XVIII

Un chant fendit l'air sur les têtes des paroissiens endimanchés. C'était la femme du président de la congrégation qui s'accompagnait à la guitare. Au-dessus de l'autel, le Sauveur aux boucles d'or était suspendu dans un cadre impressionnant. Quelqu'un avait laissé la porte entrouverte sur le fjord obscur et la neige entrait en tourbillons saccadés, couvrant le sol de l'église d'un fin résidu blanc.

Au cours des sept dernières années, trois miracles s'étaient produits lors de la célébration de Noël de la congrégation. La dernière fois, transportée dans son lit à la maison de Dieu, une vieille femme depuis longtemps malade et grabataire avait témoigné que la parole du Christ résidait en son cœur, se levant soudain pour s'avancer devant les fidèles et se hisser sur la pointe des pieds, les bras lentement levés comme une vague qui se dresse dans la mer.

— Quand elle a pris pour ainsi dire son envol sous les yeux des fidèles, elle avait une envergure extraordinaire, dit Nína.

L'église était bondée de gens emmitouflés, assis épaule contre épaule et d'autres debout à l'arrière de la nef.

Tout en longueur, la bouche ouverte, le pasteur surplombait du haut de la chaire les deux premiers rangs durant son sermon. Collectionneur de poupées en costume folklorique, il s'intéressait particulièrement à la Seconde Guerre mondiale.

La fraise amidonnée qui lui enserrait la gorge semblait étrangler sa voix au début de chaque période mais elle parvenait ensuite à jaillir et à se faire entendre, bouclant les phrases sur une note haute.

— Il est dit dans l'Épître aux Romains que tous ont péché, et qu'il leur manque la gloire de Dieu. Amen.

Le pasteur cherchait quelque chose à tâtons sous sa chasuble ; on entendit un froissement de papier. Ágústína le vit gober un bonbon. Elle fut la dernière à se remettre sur pied au moment où l'assemblée se leva, parvenant tout juste à tenir debout lorsque les gens se rassirent une fois la communion reçue. C'était dur assurément. Mais la guitare était une compensation.

— *Enfant du soleil, enfant du soleil, oui Dieu veut que tu sois pour lui un enfant du soleil, enfant du soleil, enfant du soleil, oui Dieu veut que tu sois pour lui un enfant du soleil.*

Après l'évangile de la nativité, le pasteur évoqua les vues divergentes des hommes d'Église sur la question de savoir si l'âme était esprit ou chair, en deux ou en trois dimensions. Il empoignait si fort le bord de la chaire qu'il en avait les phalanges toutes blanches. La plupart des fidèles lui concédaient volontiers que la tête, où réside l'âme, était la partie du corps la plus importante, plus que les pieds, par exemple.

Le pasteur était descendu de la chaire dans la nef d'où il s'adressait à l'assemblée. Personne en revanche n'était d'accord sur la question de savoir si l'âme avait une forme ou une couleur définie, comme par exemple le cerveau qui, chez la majorité, est de couleur rose pâle.

Du vaisseau central, il se rendit à la marche du chœur sur laquelle il s'assit, tirant son micro au bout d'un long câble. Le son grésillait.

Ágústína sentit qu'on se frayait un passage derrière sa travée. Un instant plus tard quelqu'un lui tirait légèrement les cheveux. Elle se retourna et Salómon lui fit un grand sourire.

— Je me suis dit que je te trouverais ici en train d'écouter des histoires à faire peur.

Et il se déplaça aussitôt, quittant son banc pour venir s'installer au bout de celui d'Ágústína, juste à ses côtés. Les yeux fermés, Nína avait l'air d'être spirituellement absente. Salómon portait un pantalon bleu. Les cuisses des jeunes gens se touchaient. Il fouilla dans sa poche et en sortit un petit paquet.

— C'est fait maison. Tu l'ouvriras plus tard.

— Tu auras ton cadeau après, répondit-elle.

Leurs doigts s'entrelacèrent sans que nul s'en aperçût dans la pénombre du sanctuaire.

Les fidèles endimanchés se levèrent en silence. Les rangées se mouvaient au son de la guitare vers le portail donnant sur le fjord où les glaces flottantes approchaient lentement.

Dans un tablier bleu qu'un gros nœud attachait derrière la nuque, Vermundur les accueillit sur le seuil éclairé de la maison.

À l'heure des cadeaux, Nína offrit à Ágústina un pyjama et reçut d'elle un coussinet à aiguilles. Plus tard dans la soirée, lorsque les invités prirent congé, Salómon avait une écharpe rouge tricotée autour du cou et Ágústína un pendentif fait main.

XIX

Il y a certaines choses qui la suivront quand elle partira d'ici ; ses fenêtres, par exemple, auront toujours un simple vitrage. Pour obtenir des fleurs de givre, c'est une condition indispensable, et que serait la vie sans ces fleurs de givre immaculées, par les longs jours d'obscurité hivernale ?

Nína se tient dans l'embrasure de la porte.

— Je m'en vais voir ton prof. La purée est dans la casserole et le boudin dans la poêle, il n'y a plus qu'à le saupoudrer de sucre. Ton ami a téléphoné pour dire qu'il arrivait.

Le professeur ôta ses lunettes et, tenant ses branches entre le pouce et l'index, il les fit tourner en cercle tout en regardant Nína. Puis il prit la parole.

— Il faut admettre qu'Ágústína aborde souvent les devoirs que l'école lui soumet de manière bien étrange. Elle commence par les bords, si j'ose dire et, de là, se perd dans des digressions et des détails sans aucun rapport. Dieu sait comment fonctionnent sa pensée et son raisonnement déductif.

— Elle est peut-être un peu dans les nuages quelquefois, ma petite Ágústína.

Il feuilleta rapidement quelques pages manuscrites. Nína reconnut l'écriture.

Sur la première page, il pointa du doigt une phrase soulignée trois fois.

— Sa pensée semble s'orienter dans plusieurs directions en même temps. Il lui manque une vue d'ensemble.

— Il y a une fibre poétique chez ma petite Ágústína.

Il indique une autre phrase.

— Un verbe dit ce qui se fait, s'est fait ou se fera.

— Il y a tellement de musicalité chez Ágústína.

— La question est de mettre dans l'ordre correct les trente-trois lettres de notre alphabet.

— Autant que les années du Christ, oui.

— J'ai essayé d'avoir des égards pour elle, vu les difficultés liées à son état. Je l'ai dispensée, par exemple, de faire le tour de la classe pour ramasser les restes après l'en-cas, mais pour être franc, je crois qu'Ágústína ne m'aime pas. Et puis il y a les maths…

— Oui.

— Son rapport avec les chiffres n'est pas normal. Elle calcule tout mentalement en regardant par la fenêtre. Quand elle inscrit des chiffres sur une feuille, elle les empile, les tourne en tous sens et fabrique toutes sortes d'entrelacs avec des pleins et des déliés, comme si c'étaient des étoiles filantes dans le ciel…

— Mais elle est toujours la meilleure en maths.

— C'est vrai, oui. Dieu sait comment elle arrive à tomber sur la bonne réponse. Elle n'a pas l'air de comprendre que chiffres et calculs n'ont qu'une face à l'endroit.

— Ma petite Ágústína est une si bonne personne.

— Deux jours après avoir reçu le nouveau livre de maths, elle avait résolu tous les problèmes, dit le professeur. Avec le salaire que je touche, je ne suis pas censé passer mon temps à élaborer des devoirs particuliers. L'autre jour, elle m'a regardé avec des yeux si perçants que j'ai craint d'être perforé à coups de crayon.

— Il lui faut plus de livres.

— On attend un spécialiste de Reykjavík, ce serait peut-être utile de le consulter. Si ça se trouve elle a besoin de lunettes.

xx

L'ophtalmo venait au village deux fois par an et s'installait avec ses appareils à l'étage de la bibliothèque. La pièce était utilisée en temps normal comme réserve pour les études et autobiographies manuscrites des habitants ainsi que pour les livres provenant de successions qui n'avaient pas encore été triés et enregistrés.

Quand il la fit s'asseoir en face de lui sur une chaise haute et noire, Ágústína lâcha ses béquilles. L'homme était tout petit. Il avait les mains glacées quand il se présenta.

— Les yeux sont commandés par le cerveau, lequel se charge de choisir ce que nous voyons. La vue d'un homme est distincte de ce qu'il voit. À part cela, il y a tout ce que l'on ne discerne pas à l'œil nu, mais que l'on connaît. Reste bien assise sur la chaise, s'il te plaît.

L'ophtalmo avait accroché un panneau avec des lettres et apporté une lampe à ampoule rouge.

Il la pria de fixer des yeux son propre nez pendant qu'il faisait défiler devant elle un ruban avec des carrés noirs et blancs, qu'elle ne devait pas suivre du regard, mais lui signaler à voix haute quand ils passaient à droite ou à gauche.

— La vue est une affaire compliquée. La plupart des gens se contentent de regarder sans voir, ou bien l'on ne regarde pas, mais on voit quand même.

Le spécialiste la conduisit à la fenêtre et lui fit lever les yeux vers la Montagne et vers le ciel, puis vers la mer. Il lui demanda de nommer diverses petites choses.

— Qu'est-ce que tu vois ?

— Un bateau qui rentre de l'étranger après avoir vendu son poisson et ramène des cartouches de cigarettes et des caisses de vodka dans la cale, des boîtes de Quality Street et des grille-pain. Et une foule d'oiseaux qui planent, surtout des pétrels.

— Le monde réside dans l'œil de celui qui regarde, dit enfin le spécialiste en rallumant la lumière dans la pièce. Tes yeux n'ont rien. Tu vois tout ce que tu veux voir. En revanche, tu ne devrais pas lire la nuit avec une lampe de poche sous la couette, pas plus qu'à la lueur d'une bougie quand la bourrasque te prive d'électricité. Penses-y car on prévoit une sérieuse dépression atmosphérique.

XXI

Pas un signe de lueur du jour dans ces ténèbres hivernales. Elle se réveille dans le noir, clopine jusqu'à l'école dans le noir, enfile la rue, penchée en avant entre les congères grises et brunes, avec partout la menace des glaçons qui pendent du rebord des toits. Pas de couleurs dans la nature, pas d'odeurs, aucune proximité ni distance. En fin de matinée, le jour commence tout juste à bleuir à la fenêtre ; vers midi, il s'ouvre brièvement dans le noir comme un drap bleu ciel. Après, c'est de nouveau la nuit continue.

— Nous avons commencé d'exister dans l'obscurité du ventre maternel, dit le professeur. C'est pourquoi le noir est fécond, le noir est bon, parce que c'est dans le noir que les organes fonctionnent le mieux. Quand nous mourons, nous retournons au noir.

Figure-toi que je suis tombée hier sur un courlis islandais, perché sur un récif de corail dans la canicule, une patte en l'air, avec une sardine exotique dans son bec incurvé. Ma parole, à croire que c'était le même oiseau à bougeotte qui s'était montré si familier quand nous étions couchées toutes deux dans l'herbe cet été! La vie est vraiment un mélange de hasards et de circonstances; j'ai fait la connaissance d'un homme. Grosses bises. Ta maman.

Le cours de maths en dernière heure avait été annulé et les élèves renvoyés chez eux, car il avait beaucoup neigé dans la matinée, et qu'un fort vent de nord-ouest annonçait une tempête de neige.

La capuche de sa parka relevée, couchée sur ses béquilles dans la tourmente horizontale, Ágústína se met en route. Elle enfonce une béquille dans la poudreuse, la visse fermement, arrache ensuite l'autre et l'enfonce pareillement quinze centimètres plus loin. Comme si elle creusait des trous pour y planter des pommes de terre. Comme si c'était le printemps et qu'elle travaillait au jardin. Elle ne suit pas la route avec les autres, mais un chemin dérobé par le pré et le marais; elle progresse ainsi lentement et sûrement, seule contre le monde, vers la maison de Nína. Sa piste blanche est ponctuée de trous noirs. Entre les trous, avant que la neige ne les efface, on distingue fugacement les traces de semelles de chaussures sur mesure de pointure trente-six. On n'y voit rien. Plus de maisons dans le village, pas âme qui vive, elle a perdu de vue le bout de son nez car le monde n'est plus qu'un tourbillon blanc.

Le crocodile est sans doute la seule créature qui mord déjà en sortant de l'œuf. Mon compagnon qui est spécialiste des serins en a fait l'expérience hier. On a beaucoup travaillé ensemble ce dernier mois. Je ne t'ai pas parlé de lui ?

Ne serait-elle pas près de l'endroit où elle avait trouvé deux trèfles à six feuilles au printemps dernier ? N'est-ce pas ici même que, allongée sur le ventre au soleil de midi, dans l'herbe qu'elle peignait de ses doigts, elle avait découvert les trèfles, presque invisibles, puis écartant leurs feuilles avec précaution, s'était mise à compter, un, deux, quatre, cinq, six…

Faire un vœu.

Qu'avait-elle demandé ? Et où donc étaient conservés les trèfles ? Dans quel livre avaient séché les tiges à six feuilles ? L'herbier se disséminait dans la bibliothèque, aplati comme les lettres d'un livre. Les joyaux en sont pourtant des plantes défectueuses, ayant subi des mutations. N'aurait-elle pas mis les trèfles dans l'Apocalypse, confiant à huit cents pages de sainte parole le soin de les comprimer ?

Elle a cessé de marcher sur la terre, foulant une blanche piste céleste. Un filet liquide descend le long de son cou, sous le pendentif de Salómon, avant de tiédir entre ses petits seins – neige salée qui termine sa course au creux du nombril. Ses cils mouillés s'épaississent en une lourde barre obturant la vue sur le monde. Les paupières maintenant closes, elle serre plus fort ses béquilles et sent les muscles de ses bras durcir devant ce qui l'attend. Le plus difficile : passer par-dessus la clôture et franchir le fossé. Pourquoi n'a-t-elle pas suivi la route, le sentier battu, la même voie que les autres ? Les béquilles sont bloquées et ses pieds aussi. Elle ne sent plus ses doigts dans les moufles ; bientôt, elle ne pourra plus tenir debout. Il n'est pas exclu qu'elle meure de froid au milieu de nulle part, à mi-chemin entre l'école et la maison rose saumon. Nína est-elle déjà partie à sa recherche ? Peut-être ne la trouvera-t-on pas avant quatre mois, quand viendra le printemps et que les glaces de l'île fondront pour se déverser dans la mer.

Du reste le temps se divise ici en deux parties : la saison sèche où les vêtements sèchent en un clin d'œil et la saison des pluies où tout est humide, les journaux intimes gonflent et les vêtements vous collent au corps dans une chaleur d'étuve.

C'est chouette d'entendre que ça marche bien à l'école – ce qui ne m'étonne pas. Il faut être flexible, comme je te l'ai déjà dit. Savoir s'adapter aux circonstances.

Tu me manques. Bises.

On siffle derrière elle.

Elle parvient à tourner la tête sans perdre l'équilibre. De la muraille blanche surgit Salómon, tête nue, un nuage blanc autour de ses lunettes et de ses cheveux roux.

— Pourquoi as-tu pris ce chemin ?

— Pour que personne ne m'embête.

— Tu es si méchante que personne ne s'y risquerait !

Il lui prend l'une de ses béquilles et l'agrippe sous l'aisselle pour la maintenir avant de lui faire rebrousser chemin. La chaleur reflue aussitôt en elle et la marche lui devient plus aisée.

Cinq semaines auparavant, la tempête avait emporté le portail de la maison, lequel resta coincé dans une congère près du parterre de pensées. On distinguait l'ombre d'une femme à la fenêtre.

— Tu viens avec moi boire une infusion pour te réchauffer ?

Elle le considère entre ses cils blanchis par une fente de son écharpe. Leurs cheveux trempés dégoulinent sur leurs visages.

Elle sent le souffle chaud du garçon à travers le cache-nez.

La porte s'ouvre brusquement toute grande et Nína apparaît au milieu de la neige tourbillonnante, une écumoire à la main.

— Il n'y a pas d'électricité une fois de plus,

et j'ai un demi-saladier de pâte à beignets. Je te remercie d'avoir raccompagné Ágústína ; tu donneras mon bon souvenir à ta mère. Si tu tombes sur Vermundur, tu peux aussi le saluer de ma part et lui dire que je compte sur lui, avec toutes ces coupures de courant.

Elle referme la porte et se tourne vers Ágústína.

— Je suis contente que tu te sois fait un camarade mais je préfère que vous ne vous enfermiez pas là-haut dans la chambre. Les garçons de son âge n'ont pas encore la maturité suffisante pour apprécier la beauté de l'âme et la personnalité d'une femme.

XXII

— Que dirais-tu d'une partie d'échecs avant
d'aller au lit ?

Elles se sont assises l'une en face de l'autre,
Ágústína avec une tasse de lait chaud, Nína avec
du sherry offert par Vermundur en cadeau de
Noël. La table à damier ronde en laiton qu'il faut
astiquer régulièrement provient d'un navire étranger échoué au large de sa plage à elle, il y a une
trentaine d'années. De même que le lustre qui
pend au-dessus de l'échiquier. C'est qu'elles
habitent un endroit de l'île propice aux « bons
naufrages » qui procuraient bien des choses utiles
– assurément moins ces dernières années, car fûts
de cognac et lustres de cristal appartiennent
désormais à un temps révolu. Une fois l'an, on
cirait les cases noires de la table avant de l'astiquer.

— Blanc ou noir ?

— Noir.

— Je me demande, ma petite Ágústína, si tu
ne devrais pas essayer de te conformer aux
attentes de ton professeur, du moins pour le

calcul. Quitte à n'en faire qu'à ta tête pour le reste.

— Pourquoi papa est-il parti ?

— Tu veux absolument parler de ça maintenant ?

— Oui.

— Je crois qu'il n'a jamais été question qu'il s'éternise.

Nína prend tout son temps pour réfléchir à chaque mouvement de ses pièces.

— C'était un navire de recherches océanographiques étranger entré au port avec un radar en panne ou un problème d'hélice. Certains ont prétendu que l'équipage, tellement absorbé dans l'observation des baleines, avait laissé l'hélice se perdre. Il fallait bien la remplacer. Une fois la réparation terminée, le navire pourrait reprendre la mer. Ça a pris une semaine. Ta mère ne pensait qu'aux oiseaux du ciel, ton père qu'aux animaux marins. Je crois qu'ils se sont rencontrés à mi-chemin, dans le jardin de rhubarbe. Le dernier soir où ils se sont vus, ta mère me remplissait des bocaux de confiture de rhubarbe dans la cuisine quand il a frappé à la porte. Tu déplaces ton cavalier tout de suite ?

Nína fait une pause dans son récit, finit son verre de sherry et range la bouteille dans le placard.

— Je ne connais pas les détails de ce qui s'est

passé entre eux, en dehors de ce que m'en a dit ta mère, à savoir que le bateau devait lever l'ancre pendant la nuit et qu'il avait sauté à bord à la dernière minute... Il était presque sur le point de rester, poursuit Nína. Il voulait absolument lui donner la recette d'un vin mousseux à la rhubarbe qui était, selon lui, extrêmement facile à fabriquer en amorçant la fermentation avec des bananes. À cette époque de l'année, on n'en trouvait pas au village ; il avait donc sorti deux bananes de ses bagages en cadeau d'adieu, déclarant qu'il reviendrait pour la mise en bouteilles. Ta mère lui a collé dans les bras deux pots de confiture. Puis elle s'est empressée de manger les deux bananes, car elle était dans un état intéressant. Sinon, on aurait pu essayer d'exploiter la recette et d'établir les bases de ton avenir comme fabricante de vin mousseux à la rhubarbe, sur une île où ne pousse pas un grain de blé ni de raisin. Je dis ça comme ça, moi.

— Échec et mat.

Nína contemple la situation avec étonnement.

— Tu as encore réussi ton coup. Je ne sais pas où tu as pu apprendre ces tours de passe-passe. On en fait une autre.

— Et puis ?

— On m'a raconté que le navire s'écartait déjà du quai quand il est arrivé ventre à terre par la rue du port, avec son sac contenant les pots de rhubarbe. On était en train de débarquer un requin mangeur d'hommes au bout du quai. Les gens qui avaient dû s'attarder ce soir-là se rappellent particulièrement comme ton père courait vite. L'un d'eux m'a dit, et même juré, qu'il s'agissait là d'un sprinter professionnel. Il y avait d'ailleurs de nombreux champions dans divers domaines parmi les scientifiques à bord. Juste avant d'arriver au bout du quai, il a marqué un temps d'arrêt. Il s'est délesté de son sac, a fait deux ou trois pas en arrière, a pris son élan et a bondi vers le navire qui, ainsi que tous en témoignent, avait déjà largué les amarres et s'éloignait du quai… Et qu'est-ce que tu fabriques avec ton cavalier?

Pas de doute que ton père était doué de persévérance, de volonté et d'une force au-dessus de la moyenne, en plus d'une bonne dose de courage pour avoir d'abord envisagé de brûler tous les ponts en restant ici, avant de décider de retourner au navire. Rares sont ceux qui osent prendre tant de décisions lourdes de conséquences dans la vie. La plupart ont déjà bien du mal à choisir un chocolat dans une boîte de Quality Street. Non, ils reviennent toujours au même, qu'ils reconnaissent à la couleur du papier doré comme les souris de laboratoire en cage, et ils vont droit à leur préféré sans hésitation. N'as-tu pas remarqué, ma petite Ágústína, à quel point les gens sont embêtés – ils en perdent le fil de la conversation aux fêtes de communion – s'ils ne trouvent pas leur chocolat favori, emmailloté de papier doré ? Les gens ne sont généralement pas très portés sur la nouveauté passé l'âge de vingt-trois ans. Ils peuvent ainsi maintenir leur train-train et savoir où ils en sont jusqu'à ce qu'un événement marquant se produise.

— Et moi, je suis restée.

— Oui, tu es restée, mais il n'a sans doute jamais su qu'il laissait la couleur de ses yeux sur cette île.

— Pourquoi n'est-il pas revenu ?

— Je suis sûre qu'il en avait l'intention. Quelque chose a dû lui arriver qui a échappé à son contrôle, sans doute une femme.

XXIII

Nína est absente tous les soirs, à répéter avec la société théâtrale une nouvelle pièce du « poète du village », un gars du pays qui a quitté la bourgade et publié depuis un recueil de nouvelles.

Il est revenu assister à la première, laquelle avait d'abord été reportée de cinq semaines, puis de trois autres en raison des occupations séculières des acteurs de la société de théâtre amateur. *Reportée pour raisons indépendantes de notre volonté*, disait l'avis dans la gazette du village. Ce qui comptait le plus était de savoir combien de temps le patron de la supérette – l'acteur principal – serait occupé au magasin tard le soir, à faire sa caisse. Le décor aussi y était pour quelque chose, car même pour un homme aussi habile que Vermundur, il n'allait pas de soi de créer une vallée étroite encaissée entre de hautes falaises et de ménager en même temps de la place pour les acteurs sur la scène face aux spectateurs. Rarement ou jamais autant de villageois n'avaient participé à un spectacle de la société théâtrale, fondée trente-cinq ans plus tôt. Nína, qui avait pris part à presque toutes les représentations, jouait à présent une maîtresse femme dont le rôle tenait en deux phrases déclamées sur la gauche de la scène. Vermundur en revanche était au tout début de sa carrière dans le rôle d'un truand muet, évoluant pour l'essentiel à l'arrière-plan, dans la ravine. Ágústína avait quant à elle décliné le rôle d'une jeune gardienne de brebis, assise dans un creux, sans avoir besoin de se lever avant l'entracte. Le metteur en scène n'insista pas trop car il s'agissait aussi de rassembler suffisamment de spectateurs dans la salle pour assurer au moins deux représentations.

Le plus important était d'avoir en main une œuvre originale, comme l'avait souligné le président de la société théâtrale.

Ágústína s'était installée au fond de la salle afin de pouvoir être la première à sortir quand le rideau de laine tomberait et que les lumières s'allumeraient à la fin du spectacle. Salómon n'était pas venu ; l'atelier était à sa disposition le soir, depuis que Vermundur avait fait la connaissance de sa mère, la chef de chœur.

La lumière tombait de la falaise sur la femme ; il y avait des perles de gouttelettes dans ses cheveux tandis qu'elle se tenait, immobile, au milieu de la scène. L'homme se pencha sur elle et l'embrassa. La musique annonçait un danger imminent et l'on entendit dans le lointain un oiseau qui aurait pu être une sterne, mais dont le timbre était plus sombre et plus étouffé avant de se muer en crissement, puis de s'arrêter brusquement. Un murmure de rivière lui succéda derrière la scène. Un homme se présenta à la porte d'une ferme. La femme qui l'accueillit lui ôta son manteau gris et prit son chapeau.

C'est Nína qui reçut le chapeau et quelques applaudissements retentirent dans la salle. « Bonjour la compagnie », dit l'homme. C'était le patron de la supérette ; un murmure parcourut la salle car il avait de l'allure et aurait pu prétendre à une belle carrière s'il s'était consacré à l'art dramatique.

« Je suis donc revenu pour l'épouser… »

Les applaudissements s'estompèrent après que l'acteur principal eut reçu un œillet rouge du premier rang – ce qui était vraiment inexplicable dans un village privé de fleurs à cette époque de l'année. Pour sa communion, au lieu d'un œillet, Ágústína avait reçu un dahlia que Nína cultivait en pot.

Les gens avaient cessé d'applaudir et s'étaient levés de leurs sièges. Aussitôt les hommes se mirent à ratisser les chaises pliantes qui tombaient comme des châteaux de cartes, six ou sept à la fois, pour les fourrer dans la remise.

— C'est comme si l'on avait vécu une expérience de vie, dit une femme à son voisin.

— Oui, impossible d'être libre quand on aime quelqu'un à ce point.

— Il va sans dire que la liberté est relative quand l'homme est vraiment amoureux de la femme.

— On peut considérer qu'il a forgé son propre destin par son libre choix.

— Oui, nul ne devrait se laisser conter ce que sait son cœur.

— Assurément.

En coulisse tous étaient d'avis que l'on avait rarement connu une telle ambiance à une première de la société théâtrale et beaucoup soulignèrent combien Vermundur avait été impressionnant et juste dans le rôle du truand impassible au fond de la ravine.

Nína allait fêter cette première avec la troupe. Ágústína rentra seule.

Sur le terre-plein du foyer rural, en contrebas, il y avait un petit attroupement. Les spectateurs bien habillés formaient un demi-cercle serré et silencieux autour d'une masse sombre au milieu de la route. Elle clopina sur ses béquilles et se fraya un passage à travers la foule. La tête du cheval était renversée en arrière, les pupilles dilatées, l'écume aux commissures, et ses jambes visiblement cassées, mais on ne voyait pas de sang sur le ventre. Les feux de route du camion s'étaient brisés et la carrosserie avait reçu un choc sur le côté droit ; un seul phare éclairait encore les lieux.

— Il est brusquement sorti du noir au grand galop, juste devant le camion, à croire qu'il voulait entrer dans le foyer rural.

Les hommes palpaient les poches de leur costume comme s'ils s'attendaient à y trouver le pistolet à abattre les moutons d'automne au lieu du talon de leur billet de théâtre et d'un sachet à moitié vide de bonbons à la poire. Quelques flasques d'alcool apparurent et passèrent d'une main à l'autre tandis qu'on discutait l'affaire.

De la lumière filtrait de l'atelier et se propageait à la congère aussi haute que la fenêtre.

Ágústína frappa légèrement à la porte au moment même où éclatait la détonation en contrebas.

— Tu as raté le spectacle de l'année.

Il faisait chaud à l'intérieur, chaud et sec. Ça sentait le métal et l'huile de moteur. Négligeant la balançoire, elle s'adossa au placard à outils dans le coin et enleva sa parka. Salómon avait ôté son pull vert et portait une chemise à carreaux. Ses cheveux avaient poussé.

— Je suis en train de forger un pare-feu pour maman ; c'est son anniversaire. Tu veux danser ?

Il fouille dans la collection de disques de Vermundur, met les Kinks sur l'électrophone et se dirige vers elle.

— Je ne peux pas.

— On dansera tranquillement, dit-il en lui tendant la main tout en s'approchant.

Il l'enlace – comment faire autrement ? – et ils oscillent avec lenteur, serrés l'un contre l'autre. Elle a les tempes brûlantes, les mains aussi, tout le crâne et le bas du cou. Il la tient enlacée et elle n'y voit goutte tandis qu'ils se déplacent doucement du placard vers la réserve à patates.

Soudain la porte s'ouvre et Vermundur se tient chancelant sous le vent du nord, une bouteille à la main. Il esquisse quelques pas de danse vers eux à son propre rythme avant d'éteindre l'électrophone.

— Nína est rentrée et t'attend là-haut.

Puis il se tourne vers Salómon.

— Ta maman m'a demandé de te renvoyer à la maison. On peut faire route ensemble. Je vais dans la même direction.

XXIV

La neige a fondu sur la terre dénudée, avec par endroits une fine pellicule de givre sur les flaques. Ágústína se sert d'une de ses béquilles comme d'un pic à glace. Pas de télé le jeudi : c'est le jour des séances de cinéma au foyer rural.

Les deux jeunes gens sont assis à mi-chemin entre le projecteur et l'écran. Une lueur brumeuse et bleuâtre émane de l'appareil juste au-dessus de leur tête. Autour d'eux, peu de monde dans la salle, sans doute à cause du temps.

— *I love the city. It must be because there is always some face, some voice to interest me.*

La jeune fille du film a quitté la ferme isolée de son père pour s'installer à la ville. Elle travaille dans un magasin d'alimentation et loue une chambre avec une copine. C'est au petit bonheur que les sous-titrages accompagnent l'image en noir et blanc.

En ville, la jeune fille rencontre un homme plus âgé, un écrivain dont elle tombe amoureuse.

— *How much time do we have?*
— *A lifetime.*

Le vent a tourné et souffle en rafales, une fenêtre claque puis s'ouvre en grand. Il y a des allées et venues dans l'entrée du cinéma. Salómon offre une pastille à sa voisine.

— *I suppose a lot of girls have been in love with you?*

— *A couple.*

La pellicule a souffert, ce qui est bien embêtant, surtout quand le visage de Rita Tushingham remplit presque tout l'écran. Visiblement en proie à une vive émotion, elle tripote l'écharpe autour de son cou. Dans la salle, la lumière clignote et le film s'immobilise un instant au milieu d'une phrase importante, pour repartir ensuite.

— *Kate Brady, a girl with one mad eye, what are you doing in my bed?*

Le texte disparaît, puis le son. La femme aux yeux verts continue de remuer des lèvres muettes. L'écrivain en pyjama dans le lit tient une cigarette et fixe les yeux sur la salle, droit vers eux. Il y a un cendrier sur la table de nuit. Elle allait lui faire une confidence, mais l'image toute frémissante il y a quelques secondes, clignote sur l'écran, à présent silencieuse. Le regard de la femme s'est gelé sur une interrogation. Un instant plus tard, le visage se ratatine ; il est aspiré dans un petit point lumineux au milieu de l'écran avant de s'éteindre tout à fait. Silence et obscurité dans la salle. *La Fille aux yeux verts* ne défile plus.

Une éternité s'écoule au gré des perturbations atmosphériques. La pluie se déverse sur le toit du foyer ; la pression du vent augmente, on entend un choc, quelque chose frappe le mur du bâtiment, sans doute le battement d'ailes désespéré d'un oiseau aux pattes prises dans du fil de fer, jusqu'à ce qu'elles s'en arrachent et que l'oiseau libéré s'envole un instant avant d'être déchiqueté par le vent.

Dans la salle, le suspense se dissipe aussitôt et le jeune homme retire son bras de l'épaule d'Ágústína.

— Viens, lui dit-il en la tirant par la main, on va se faire rembourser.

Ils suivent la rangée de chaises en tâtonnant vers la sortie. La caissière n'est nulle part en vue. Les deux spectateurs qui étaient assis devant eux se sont également volatilisés, comme emportés par le vent.

Ça fait quelquefois du bien de considérer la vie d'un œil neutre, comme on regarde un film, mais non sans éprouver des sentiments. Ce qui ne veut pas dire que j'aille beaucoup au cinéma. On essaie pourtant d'y aller parfois, quand nous sommes dans une grande ville, histoire de se changer les idées. La dernière fois, j'ai vu un film dans la langue des autochtones ; ça a été une expérience en soi.

Le ciel est étrangement exalté. Elle s'accroche à lui et le vent les étreint pour les envoyer valdinguer contre la clôture. La pluie froide s'abat sur leur visage tandis que des débris divers voltigent autour d'eux. Cela ne fait rien, parce qu'elle joue dans un film avec son ami et que rien de ce qui se passe n'est la réalité. On peut ainsi être absent tout en étant là ; Ágústína peut être autre, tout en restant elle-même.

Elle porte justement une parka cinématographique spéciale, fourrée de laine, et lui des cuissardes de cinéma ; ses béquilles en toc du service des accessoires ont déjà été utilisées dans le fameux film sur l'ancien combattant unijambiste couvert de médailles.

— Action.

— *Sorry I am late.*

— *I was afraid I was never gonna make it.*

La caméra tournoie au-dessus de leur tête, épouse les traits de leur visage ; avec le zoom on peut agrandir les gouttes de pluie sur les lunettes de Salómon, comme des gouttes de rosée sur un pétale de rose. Oui, exactement des gouttes de rosée sur un pétale de rose.

— *Are you a cosmopolitan ?*

— *No, homeless.*

Leurs vêtements sont trempés, froids à donner le frisson et la pluie artificielle dégouline sur eux.

Derrière un coin du décor, un groupe d'assistants les attend avec des serviettes, des peignoirs, un fer à friser et du thé chaud.

— *Can I kiss you?*
— *What I fear is passion and emotion.*
— Coupez!

Nína est inquiète. Elle a essayé de joindre Vermundur toute la soirée, craignant que les plaques de tôle ondulée du toit ne s'envolent. Elle a installé Ágústína sur le canapé du salon : on ne dormira pas dans la chambre de la tour cette nuit.

XXV

Ceux qui naissent ce printemps font leur entrée dans la poussière sèche par un froid soleil.

Soudain, il n'y a plus de nuit où s'enrouler, où s'abriter dans la tour. Un vent glacial souffle du nord, le ciel bleu est ouvert et vaste comme la mer. Ágústína se blottit sous la couette pour s'enfoncer dans le matin. Sa tête est pleine des ruisseaux dorés dévalant des montagnes vers la mer.

Elle ne peut plus échapper au réveil à l'aube, ni au sommeil à la lumière du jour ; et la clarté blanche et froide va s'amplifier de jour en jour sans qu'on puisse rien y faire, se faufilant par la fente des rideaux, sous les couettes, dans les coins et recoins obscurs jusqu'à ce qu'elle trouve enfin à se loger durablement sous les paupières, aux alentours de l'Ascension. Ágústína n'a pas besoin de s'en remettre à la clarté pour savoir que le printemps pointe son nez, elle le sent venir à l'odeur de la congère.

*La nuit dernière, j'ai rêvé que je me trouvais
dans les prés herbeux de notre île et que j'arrivais
à un petit creux rempli de myrtilles bleues, grosses
comme des boules de neige. Si juteuses, lourdes et
charnues qu'une seule aurait suffi à rassasier une
femme affamée. Et tu trônais au milieu, souriante.
Comme je t'aime, ma grande petite fille.*

Il y a deux cartons côte à côte dans le cagibi,
fermés à l'origine avec du ruban adhésif brun.
Ágústína les a souvent explorés : des photos par
centaines et toutes sortes de broutilles et de bouts
de papier, manuscrits pour la plupart, beaucoup
de plumes (des faisceaux entiers), un gant de toi-
lette, des jumelles, une foule de lettres, une
grenouillère en tricot pour bébé boutonnée aux
épaules, un tube à essai en verre, un cahier, une
poupée avec un trou carré dans le dos pour les
piles et, soigneusement plié au fond d'un des
cartons, un pull d'homme bleu. Les photos sont
presque toutes d'oiseaux et d'œufs, les unes
pareilles aux autres, oiseau après oiseau, œuf après
œuf. Elle les feuillette rapidement. Certaines sont
collées entre elles et il faut les séparer avec précaution ; des taches blanches se forment çà et là
sur les pattes ou la poitrine de l'oiseau. Trois
photos toutefois sont séparées du lot : l'une d'un
bébé au bain, tout souriant, avec de la mousse
dans ses épais cheveux bruns ; une autre d'une

petite fille un peu plus âgée, calée entre deux bosses de terrain, des rubans verts noués dans les cheveux et un perdreau des neiges dans les bras. L'enfant a l'air effrayé.

— Tu ne rampais pas comme les autres bambins, dit Nína. Tu te propulsais à la force des bras, les jambes suivaient comme une nageoire de phoque.

La troisième photo est celle d'une fillette maigre et sérieuse en parka, un cartable sur le dos et une canne en bois à la main.

Difficilement lisible, le cahier est noirci de petits caractères serrés, avec beaucoup de ratures et d'abréviations. Sur la dernière page est écrit clairement en majuscules :

IL Y A DIVERSES AUTRES SIMILARITÉS ENTRE LES FEMMES ET LES OISEAUX : LA FACULTÉ D'ADAPTATION, LA MOBILITÉ, UNE AGITATION INTÉRIEURE AUX PÉRIODES DE SOLSTICE, LE DÉSIR D'AILLEURS. CECI PEUT VENIR DU FAIT QUE LA PERCEPTION DU TEMPS EST, CHEZ L'OISEAU COMME CHEZ LA FEMME, LIÉE AUX HORMONES.

Elle sort le pull bleu et l'enfile en retournant trois fois le bas des manches.

Ma chérie, merci pour ta lettre. Ça me fait tout drôle d'être revenue à la civilisation bien que tout soit assurément très beau par ici, à la campagne, et que j'aie évidemment besoin de repos après la vie dans la jungle. Le plus clair de mon temps, je paresse sur la terrasse en me gavant de figues et de pommes et je reprends des forces pour la prochaine étape de la vie. Les cerisiers sont en fleur ces jours-ci et l'on est aux petits soins avec moi. Le son porte si loin en l'absence de vent qu'on entend même chuchoter les voisins entre les étages. Certains de mes plans ont subi des changements mais j'ai encore l'espoir de rentrer au bercail au printemps. À moins que vous ne veniez de votre côté. Tu me manques, bisous.

Il n'y a plus qu'une seule congère près de la maison, mais l'herbe est encore jaune et cassante. Le jardin est incontestablement plein de lumière – elle inonde tout. Il va falloir se mettre à l'ouvrage pour les travaux de printemps : bêcher la terre à demi gelée, nettoyer les arbustes des détritus, papiers d'emballage décolorés de biscuits au chocolat, vestiges de fusées provenant de la maison numéro cinq le soir de la Saint-Sylvestre. Elle inspire à fond l'air printanier, ramasse un oiseau mort et le fourre dans la poubelle.

Je traîne ici et ne fais absolument rien si ce n'est me plonger dans un bouquin. Même si tout va pour le mieux, je me surprends à regretter la lune d'Afrique, seule, la nuit, sur la terrasse. C'est bien sûr toi qui me manques le plus. S'il n'y avait pas les sauterelles, le silence serait presque aussi complet que chez nous. Nous ne sommes que deux en ce moment, dont un cuisinier émérite. À midi, il y avait des pâtes aux calamars et pendant que je t'écris, il se prépare du foie de veau à la sauce à l'orange. Je mène une vie tranquille. J'ai hâte d'avoir de tes nouvelles. J'espère même te recevoir cet automne ou au plus tard au printemps prochain.

Inscrite au stage annuel du club des beaux-arts de l'école, Nína a laissé un pain au lait avec de la viande fumée dans une petite assiette sur la table de la cuisine. Le motif à étudier étant la Montagne, l'animateur en a dessiné d'une main experte les contours et les caractéristiques plastiques au tableau. Il a expliqué également les combinaisons possibles de ce qui est proche et lointain, primordial ou accessoire.

XXVI

Le jour de la Fête des marins pêcheurs, l'église, l'école et la banque pavoisent et la plupart des bateaux sont à quai. Il n'y a pas un souffle de vent et la bruine reste suspendue dans l'air en colliers de perles horizontaux.

Les cris d'encouragement se perdent dans le jaillissement rythmé des avirons.

— Allez, Ágústína!

Assise seule dans le canot, elle rame à tour de bras, sentant la force de ses membres augmenter à chaque coup d'aviron. Les garçons ne lui arrivent pas à la cheville : elle est ici dans son domaine, différente peut-être, malgré tout plus forte. Se voyant battus avant la fin de la course, les voilà qui se mettent à faire les pitres sous les yeux attentifs de quelques filles plus jeunes, groupées sur le rivage. Ils font semblant d'emmêler leurs rames, ce qui entraîne le plongeon d'un membre de l'équipe adverse, à la grande joie des fans sur la terre ferme.

— Allez, Ágústína! crie Salómon.

Sa victoire est incontestable, elle peut s'arrêter de ramer et rentrer les avirons, s'incliner en arrière contre le plat-bord, écarter la sterne d'un geste du bras et se laisser échouer sur le sable de la grève. Dès que la brume se dissipe, les parties du monde reprennent leur place sur la scène. La Montagne, dominant le paysage, s'offre à nouveau aux regards.

— Félicitations.

Salómon se tient devant la porte, un gigantesque oiseau empaillé dans les bras. Presque aussi grand qu'un cygne, mais plus court de col, et noir et blanc.

— C'est un plongeon imbrin. Maman et sa sœur l'ont attrapé dans le filet à truites la dernière fois qu'elles sont allées le relever. Il y en avait d'ailleurs deux de la même espèce, sans doute un couple qui s'est noyé. Elles les ont fait naturaliser.

Il monte pour elle l'oiseau dans la chambre de la tour.

— J'ai fait mettre des boutons qui luisent dans le noir, à la place des yeux.

Avant qu'elle ait le temps de dire ouf, il a fermé les rideaux pour assombrir la pièce et s'est assis sur le lit. Il sent le savon.

Quand ils redescendent, Nína a mis une nappe sur la table pour célébrer la victoire. Elle a préparé des gaufres, battu la crème et beurré des galettes de seigle pour un régiment.

— J'ai tout de suite su que ma petite Águstína avait tout d'une championne : l'esprit de compétition, la concentration, la résistance, la volonté, le fair-play. Elle n'avait plus qu'à trouver son champ d'action.

Une pile de gaufres sépare Salómon et la jeune fille, assis de part et d'autre de la table. Par moments, elle esquisse un sourire en écoutant Nína.

— Et comme bien souvent, j'ai cherché la réponse dans l'au-delà. « Sur tes paumes sont posées deux petites tiges de bois », m'a dit le médium avant de me renvoyer dans le crachin. Il ne voulait rien ajouter de plus. Je vois bien maintenant qu'il voulait parler de rames, ce qui tombe sous le sens avec la mer partout présente autour de nous.

Dans le couloir, en sortant, Salómon s'est tourné vers Águstína.

— Qu'est-ce que tu dirais d'une balade à cheval ? Gudmundur qui joue avec nous dans le groupe est tout disposé à nous prêter les siens.

Nombreux étaient les villageois à en élever, çà et là, dans des enclos. Aux alentours de l'agglomération, de grands troupeaux surgissaient soudain de la terre brune dénudée et des cailloutis gris — jusqu'à cinquante chevaux, aux couleurs du paysage environnant.

— Nous pourrions rejoindre la vallée…

Les voilà chevauchant côte à côte, si près que leurs jambes effleurent parfois le ventre chaud et gonflé de la monture de l'autre.

— Tu vas devoir repartir ?

— Peut-être que nous partirons, peut-être pas. Ma mère reprend toujours la direction d'un nouveau chœur et nous ne restons d'habitude qu'un an à chaque endroit. Après quoi on déménage. Je préférerais être sédentaire. J'ai toujours voulu avoir un jardin.

Partout aux alentours, on avait brûlé la vieille herbe sur les bosses du terrain – éminences noircies comme des poitrines d'oie flambées –, et une âcre odeur de roussi flottait dans l'air.

— Tu veux devenir une scientifique comme tes parents ?

— Je ne suis pas trop branchée sur les oiseaux et les plumes. Et je ne m'intéresse pas non plus aux baleines.

— Il se pourrait que nous restions ici un an de plus. Les visites de Vermundur à ma mère sont de plus en plus fréquentes. Elle lui a mijoté du gigot d'agneau à la sauce brune hier soir…

Le cheval gris, tranquille jusque-là, prend tout à coup le mors aux dents et voilà Ágústína lancée à toute allure à travers les champs noirs. Salómon lui crie quelque chose. La terre fait des vagues sous les jambes du cheval, sous ses jambes à elle.

Elle se penche en avant et sent l'odeur du grand corps chaud de la bête. Ses pieds voltigent maintenant et elle ne contrôle plus la destination. Ses jambes battent contre les flancs du cheval, l'incitant à plus d'efforts pour franchir barbelés et fossés gorgés d'eau et de vase fangeuse. Elle flotte entre ciel et terre ; la chaude énergie de l'animal se propage dans son corps, aux épaules, le long des bras, jusqu'aux mains crispées sur la bride. Salómon lui crie de se cramponner et elle se blottit contre la crinière. La bête ne court que pour elle. Toutes deux ne font plus qu'un. Mais la course ralentit et cesse brusquement, projetant la cavalière par-dessus sa monture. Ágústína atterrit sur des mottes hérissées tandis que son compagnon presque aussitôt la rejoint. Juste devant les sabots du cheval, deux œufs tachetés reposent dans un nid calciné.

XXVII

L'été dans l'île dure sept semaines, la lumière bien davantage, et le temps qui passe avant qu'elle ne s'atténue semble infini par un matin comme celui-ci.

Quand le jour cesse de s'assombrir, le temps s'immobilise pour durer, durer, durer. Il n'y a plus alors de cloison entre les jours confondus, plus d'entracte au milieu du temps. Dans le noir, au contraire, les hommes sont tous égaux. Quand il faut se battre dans une tempête de neige, Ágústína est sur un pied d'égalité avec les autres. Non, dans la lutte et l'adversité, elle n'est pas l'égale des autres, elle les dépasse. Dès qu'il s'agit de se battre, elle est à son affaire.

La seule consolation, l'été, est de pouvoir lire à volonté dans le faisceau de clarté bleu clair de la nuit sans avoir à se cacher. Avec *l'Idiot* ouvert entre ses coudes sur le rebord de la fenêtre et la mer étale juste en bas, hors de portée de tous, sauf des oiseaux dans la nuit claire.

Ou alors elle s'empare de la nuit déserte et silencieuse, en chemise de nuit, pieds nus dans ses bottes, ses fidèles béquilles avec elle pour arroser le parterre de pensées somnolentes et s'affairer à de menus travaux ou encore ramasser les oiseaux qui ont oublié de voler ou mal estimé les distances en planant endormis au-dessus de l'île avant de s'écraser dans l'herbe touffue et humide de son jardin privé. Elle les soulève alors, encore tièdes, caresse leurs plumes, sent le cœur remplir de ses battements le petit corps duveteux avant de s'éteindre ; puis elle les jette à la poubelle.

XXVIII

Les instants durent si peu, mais il est possible de les allonger indéfiniment sur la grève de sable noir pendant le jour, sur sa plage à elle, baignée de froid soleil, débordant de lumière, où elle s'étire en short, le nombril orné de coquillages. Les attelles gisent à côté d'elle comme les valves d'un mollusque inconnu.

La mer gonfle et s'affaisse. Toutes sortes d'insectes et autres bestioles sont revenus à la vie autour d'elle, bien visibles dans le microscope envoyé de l'étranger en cadeau d'anniversaire. À part cela, Ágústína n'a pas reçu une lettre depuis cinq semaines. Sans qu'elle se fasse vraiment du souci ; les gens ont leurs occupations et doivent penser à tellement de choses. Elle prend une grande inspiration, centrée tout entière sur son nombril. C'est là que se situe le milieu du monde et les doigts qui tracent une spirale sur le sable sont salés, tout comme les lèvres sèches, les genoux et les cuisses. Quelle que soit la façon dont on voie les choses, le soleil aveuglant du nord n'arrive pas à réchauffer la surface d'un corps entier. Les doigts de pied sont toujours en reste, comme lorsqu'on a trop grandi pour sa couette d'enfant. La tête est froide aussi le plus souvent, il n'y a aucune chaleur au creux de la nuque et c'est à peine si les lobes des oreilles ont tiédi. Dire qu'il y a en d'autres lieux des gens qui doivent supporter la chaleur asséchant leur gosier toute l'année !

Le même oiseau inquiet décrit cercle après cercle au-dessus d'elle. C'est avec un calme parfait qu'Ágústína pointe le fusil, vise le messager ailé du Tout-Puissant et appuie sur la gâchette. L'oiseau se retourne brusquement sur lui-même et tombe en vrille, poitrine béante, pour s'écraser à ses pieds.

C'est fou comme elle a changé depuis l'été dernier. Elle n'est plus le phoque gisant sur un écueil, mais une sirène qui traîne après elle sa fascinante queue de poisson menant les gens de mer à leur perte.

La queue aux écailles luisantes fait penser à ces robes lamées que revêtent les stars de cinéma lors des grandes réceptions.

Ce qu'il y a de bien avec la mer, c'est qu'elle mène à des pays étrangers. De l'autre côté de l'océan, il y a des plages dorées où elle irait secouer le sable noir de sa queue (sait-on jamais de quoi sont capables quelques grains de sable noir sur une plage dorée) avant de s'allonger pour un bain de soleil avec les bécassines des marais et autres oiseaux migrateurs qui passent l'hiver sous des latitudes méridionales. Et elle ferait mousser les vagues sur sa queue comme du vin rose de rhubarbe. Puis elle se débarrasserait tranquillement de sa chaude dépouille abandonnée au bord de l'eau.

Ágústína attrape par la queue l'oiseau déchiqueté. Il y a par chance un creux profond tout près, où les vagues culbutent à la renverse. Dans quelques instants, l'oiseau aura disparu. Elle ramasse un coquillage et le porte à son oreille. On entend un air, des notes basses cassées, espacées, discontinues. Puis la même note sans cesse répétée par les instruments à cordes. Comme lorsque la tension augmente crescendo et que se préparent des événements imprévisibles, voire inquiétants. Ici les timbales seraient appropriées, d'abord quelques légers coups assourdis, d'une force croissante jusqu'à ce que les cymbales dorées s'entrechoquent et que la chair de poule envahisse son nouveau corps estival dès qu'un nuage noir vient cacher le soleil. Lorsque les pieds se refroidissent, la pensée est plus claire. Tels sont les faits du corps et de la nature.

On siffle du rocher où elle a laissé une partie de ses vêtements. Ágústína rassemble les pages griffonnées en vitesse, en fait un rouleau qu'elle enfonce dans le goulot de la bouteille avant d'y mettre le bouchon. Non, elle est trop pressée, elle a failli oublier le post-scriptum.

Salómon descend rapidement vers la grève pour la rejoindre. Il tient un sorbet dans chaque main.

XXIX

Les bruits du village commencent à s'estomper alors qu'elle lace ses chaussures de marche, l'appareil photo pendu au cou. Nína regarde une émission à la télévision au sujet des menaces qui pèsent sur une langue parlée seulement par cent quatre-vingt-treize mille âmes. Vermundur lui a suggéré, dit-elle, de se procurer une table d'angle en teck.

— Qu'est-ce que j'ai à fiche d'une table d'angle quand le toit a besoin de réparations ? Si je comprends bien, il faudrait aussi que j'achète un canapé d'angle. Ça va de pair.

Elle éteint la télé.

— La dernière idée qui vient de lui passer par la tête, c'est de fabriquer des sacs à main en peau de poisson, ce qui détrônerait le crocodile. Il voudrait que je l'aide pour la couture. Je lui ai cité Thoreau en lui recommandant de s'attaquer à deux, tout au plus trois choses à la fois, plutôt que de s'embarquer dans des centaines d'affaires. *Dans la plupart des cas, il suffit à un honnête homme de compter jusqu'à dix sur ses doigts.*

Vu de la fenêtre, le nouveau réverbère du quai fend la surface de la mer d'une ligne verticale.

— Ça a dû être par une visibilité et dans des conditions analogues que le Christ est remonté aux cieux sur un nuage. Je me le représente toujours avec des yeux bruns un peu mélancoliques... Ne reviens pas trop tard pour dîner. Vermundur va passer ; on dirait que c'est du sérieux entre lui et la chef de chœur. Ce qui pourrait signifier que ses visites chez nous vont se faire plus rares. Il y aura de la truite et de la soupe au cacao.

Le camion bleu monte vers la lande ; le bout de route est accroché au flanc de la Montagne et s'enfonce dans le goulot de la ravine après le cimetière. Quelque part entre la congère, qu'on distingue plus haut sur la pente, et la masse sombre des nuages, s'érige la pierre du sommet. Ágústína a étudié la Montagne sous divers angles mais elle ne l'avait jamais approchée par ce côté de la lande. Depuis la grève, elle apparaît un peu comme un rêve mauve, dans le genre de ce qu'on voit à l'exposition-vente annuelle du club des beaux-arts dans le coin café de la station-service. Les villageois ne sont guère portés sur les ascensions ; bien peu se sont affrontés à la Montagne.

Il y a une foule d'oiseaux sur la route, surtout des petits de perdrix des neiges.

— Ils vont nous tuer un de ces quatre matins, ces oiseaux, dit le chauffeur qui lui a permis de prendre place dans son véhicule. Un collègue à moi a roulé sur des petits et a fait trois tonneaux avant de se retrouver dans le fossé.

La poussière arrachée à la route forme une colonne derrière le camion. Ágústína est assise à l'avant, silencieuse, à côté du chauffeur. Du rétroviseur pend une carte parfumée représentant une jeune femme en bikini à pois et aux longs cheveux blonds qui bondit comme un arlequin au bout de sa ficelle. L'homme au volant, cigarette à la main, a un coude qui dépasse de la portière.

— Il n'y aura jamais d'asphalte par ici, dit-il en lui offrant un bonbon.

Elle le remercie sincèrement pour le transport et lui serre la main.

— Alors comme ça, tu vas cueillir des herbes. Es-tu sûre qu'on viendra te chercher après ? ajoute-t-il en jetant un regard oblique sur les béquilles.

À partir de là, le chemin ne fait que monter. Ce qu'il y a de bien dans l'ascension d'une montagne, c'est qu'il n'y a qu'une seule voie, une seule option. Monter. Aucun risque de perdre sa route, de s'égarer dans des déviations ou de tourner en rond : elle suit d'un pas chancelant une piste étroite tracée par les moutons, jonchée de crottes et d'herbes mouillées écrasées, alchémille et saxifrage. Elle avance avec peine le long de la piste, place un pied devant l'autre pour gravir la côte à pic. Ça fait travailler les biceps.

La pente accompagne fidèlement chacun de ses pas ; rien qui puisse troubler ou égarer l'esprit à cette altitude. Pas même le télégramme reçu hier. Quatre mots seulement sur un bout de papier crème.

Petit frère né. Maman.

Il y a encore des plaques de glace et la progression est difficile, mais à chaque pas elle se renforce. Huit cent quarante-quatre mètres d'élévation depuis le rivage ; et bien six cent cinquante depuis la lande. Ça vaut le coup de faire quatre pas de suite avant de s'arrêter. Huit cent quarante-quatre divisé par quatre, ça fait deux cent onze. Elle se reposerait donc deux cent onze fois en cours de route. Elle arriverait au sommet au plus tard avant l'aube, sans avoir dormi, mais sans fatigue, dans la clarté de la nuit. Puis elle redescendrait par le même chemin. Nína attendrait jusqu'au lendemain matin avec sa truite.

Encore quatre pas, huit au plus, et tout au plus douze, avant d'arriver à un endroit propice pour faire une pause, s'affaler sur les pierres moussues, ôter le premier petit caillou de sa chaussure, casser une barre d'une tablette de chocolat noir et en avaler trois carrés amers. Elle s'installe sur une pointe moussue sans lâcher ses béquilles ; ce serait du joli si celles-ci dégringolaient jusqu'en bas. Il y a bien assez de pierres où se poser, même si elle n'est pas encore sortie de la zone des mousses qui sépare des éboulis.

Il faut maintenant sortir la carte de la poche de poitrine, l'ouvrir en grand sur les genoux, lisser les plis et chercher les points de repère. Sur la carte, le pays s'étale à plat et la Montagne est si lisse et si polie qu'on peut la caresser du doigt.

L'immobilité n'est pas souhaitable, aussi doit-elle se relever avec un goût de terre entre les molaires et des feuilles de dryade sur le pull en grosse laine (ce sera le dernier pull que je te tricote, je vais arrêter tout ça, avait dit Nína), redresser les genoux qui n'en peuvent plus et se remettre en route pour venir à bout des frissons. Porter son poids en avant et vers le haut, en veillant à ne pas coincer ses béquilles dans la caillasse. Avoir le tournis face à la vue immense, glisser, porter les mains devant soi et se raccrocher à la bruyère. On dirait qu'il y aura beaucoup de myrtilles cette année.

Il reste encore un sacré bout de chemin à faire. La pente, bien plus raide qu'elle ne l'avait imaginé, s'accentue à chaque pas. Or la sente tracée par les moutons devient de plus en plus étroite à mesure qu'elle monte. Bientôt s'arrêtera la piste, les bêtes ne s'aventurant pas au-delà des éboulis. Elle fera alors une pause pour se reposer un peu à nouveau. Et puis, en route. Et puis encore une fois. S'asseoir, en nage, le souffle court, les yeux fermés et sentir son cœur battre à se rompre sous le pull. Enfin se trouver un creux adéquat et s'y allonger, la tête de préférence plus haute que les pieds pour jouir de la vue au réveil. Elle fermerait les yeux par la claire nuit d'été et ses pensées défileraient en ombres chinoises sous ses paupières, comme de la poussière d'étoiles sur une nappe bleue. Ce serait sa nuit azurée sur la Montagne. Soleil et Lune se croiseraient peut-être dans les hautes sphères. À la frontière du jour et de la nuit, l'espace d'un instant, pile à deux heures cinquante-huit, elle poserait ses godillots poussiéreux sur la pierre qui sépare le jour d'hier de la journée de demain, oui, justement sur cette pierre, tandis qu'un soleil rouge s'effacerait dans la bordure verte de l'horizon pour reparaître onze minutes plus tard.

XXX

Tout commence désormais à rapetisser ; plus haut, tout deviendra si minuscule que rien n'aura plus d'importance. Délivrée des petites misères du quotidien, elle connaîtrait bientôt la jouissance d'être au-dessus de tout ce qui traîne en bas, riche d'une vue d'ensemble perpétuelle, en long et en large, des vastitudes de la nature inhabitée.

Elle prendrait alors la photo. Une photo globale avec la mer d'un beau vert en fond et le premier bateau du jour rentrant dans le fjord, chargé de sa pêche. Avec les maisons tassées tout en bas, en deux ou trois rangées au pied de la Montagne. Dans la maison rose saumon en bordure du pré couvert d'herbe sèche dont les tiges atteignent la fenêtre du salon, rien ne bouge ; elle va bientôt disparaître. Plus loin encore s'étend la grève sablonneuse.

À moins qu'elle n'oriente l'objectif plutôt vers le haut, avec seulement le ciel comme fond et les oiseaux qui soudain affluent alentour pour troubler cet instant d'immuable nature morte.

C'est le vieux prédateur – mais qu'est-ce qu'un oiseau des basses terres vient faire si haut sur les pentes ?

Elle poserait l'appareil sur une pierre moussue tout près de la paroi à pic pour retourner en boitant chercher le coquillage dans sa poche et le porter à son oreille. Cela tient du hautbois et du clavier – un son prolongé, empreint de tristesse. C'est là qu'elle laisserait l'appareil photo.

Les doigts de pied au bord extrême et les genoux tremblants de vertige. À quelques brasses au-dessous d'elle, il y a un nid d'aigle. Elle touche de l'orteil une pierre, qui hésite sur l'arête avant de basculer. L'oiseau prend lentement un essor majestueux, comme un hélicoptère de sauvetage à la recherche d'une petite fille perdue dans la Montagne. Non, comme un vieux bombardier blindé. L'ombre lourde de sa voilure pèse sur elle et occulte un bref instant le soleil tout neuf. Quand on est parvenu à trente mille pieds d'altitude, les fleurs de givre s'épanouissent distinctement sur le hublot de l'avion.

LA COUVERTURE DU
Rouge vif de la rhubarbe
A ÉTÉ CRÉÉE PAR DAVID PEARSON
ET IMPRIMÉE SUR OLIN ROUGH
EXTRA BLANC PAR L'IMPRIMERIE
FLOCH À MAYENNE.

LA COMPOSITION,
EN GARAMOND ET MRS EAVES,
ET LA FABRICATION DE CE LIVRE
ONT ÉTÉ ASSURÉES PAR LES
ATELIERS GRAPHIQUES
DE L'ARDOISIÈRE
À BÈGLES.

IL A ÉTÉ REPRODUIT SUR LAC 2000
ET ACHEVÉ D'IMPRIMER EN FRANCE
PAR L'IMPRIMERIE FLOCH À MAYENNE
LE VINGT DÉCEMBRE DEUX MILLE SEIZE
POUR LE COMPTE DES ÉDITIONS ZULMA,
HONFLEUR.

978-2-84304-756-5
N° D'ÉDITION : 756
DÉPÔT LÉGAL : SEPTEMBRE 2016

❧

NUMÉRO
D'IMPRIMEUR
90502

❧

IMPRIMÉ EN FRANCE